DE LA VENGANZA A LA SALVACIÓN
© Antonio Sebastián Gómez Ocaña
Diseño de portada: Dpto. de Diseño Gráfico Exlibric

Iª edición

© ExLibric, 2026.

Editado por: ExLibric
c/ Cueva de Viera, 2, Local 3
Centro Negocios CADI
29200 Antequera (Málaga)
Teléfono: 952 70 60 04
Fax: 952 84 55 03
Correo electrónico: exlibric@exlibric.com
Internet: www.exlibric.com

ISBN: 979-13-88255-44-1
Depósito Legal: MA 586-2026

Impresión: PODiPrint
Impreso en Andalucía – España

Nota de la editorial: ExLibric pertenece a Innovación y Cualificación S. L.

ANTONIO SEBASTIÁN GÓMEZ OCAÑA

DE LA VENGANZA A LA SALVACIÓN

HISTORIAS PARA NO MIRAR HACIA OTRO LADO

ExLibric

ANTEQUERA 2026

El título marca un recorrido ético y emocional; el subtítulo deja claro el propósito de sensibilizar y apela directamente al lector, sin morbo y sin victimizar.

Resumen de contenido

1. Granada, 1979: los primeros casos

Tres amigos de 28 años presencian un grave episodio de maltrato que la policía archiva como «riña familiar», sembrando en ellos una rabia que les marcará para siempre. En un barrio de clase media de Granada vivía la familia Sánchez González. La madre, Francisca González, tenía 58 años. Era una mujer respetada en el barrio, conocida por su dulzura. Vivía con su hija separada, Dolores (42 años), y su hija menor, Elvira (38 años). También compartía la casa con su nieta Claudia, de 2 años, hija de Dolores.

2. Alejandro, el aire y el silencio

En la Comandancia del Aire, Alejandro aprende el poder de los datos y descubre cómo los informes pueden ocultar o revelar la violencia en tierra.

3. Claudio, policía de servicio

Claudio se enfrenta a atestados que desaparecen, denuncias retiradas y la resistencia institucional a nombrar la violencia de género como delito.

4. Fernando y la sombra de la venganza

Fernando se mueve como investigador en los márgenes, tentado por la justicia por su mano hasta comprender que su verdadera fuerza está en documentar la verdad.

5. Los tres en la barra de un bar

En el bar de Manolo, los amigos convierten sus quejas en reflexión y empiezan a imaginar una forma de unir fuerzas para no seguir siendo espectadores.

6. La voz en la televisión

El testimonio de Luisa Ortega en los medios de comunicación sacude su conciencia y pone palabras públicas a lo que ellos llevan años viendo en silencio.

7. El asesinato en un pueblo metropolitano

Trece días después, el asesinato de Luisa revela el fracaso del sistema incluso cuando la víctima ha hecho «todo bien».

8. España despierta a medias

Primeras reformas legales, planes de acción y debates sociales que reconocen la violencia machista, pero que llegan tarde y avanzan con lentitud.

9. Promesa en el cementerio

Ante la tumba de Luisa, los tres amigos se comprometen a transformar su experiencia en una acción organizada para prevenir nuevas muertes.

PARTE II. NACE INVESTIGACIONES CASTRE Y COMPAÑÍA

10. Plan en la servilleta

En una mesa de bar, definen el propósito, los límites y el nombre de la futura agencia: *Investigaciones Castre y Compañía*, semilla de Aurora.

11. Nueva reunión del plan de la servilleta

Dieciséis meses después, volvieron a encontrarse Alejandro, Fernando y Claudio. No en un salón con TV esta vez, ni en el «Bar de Manolo» sino en un bonito café de Recogidas.

12. Estatutos, licencias y dudas

Entre notarías y formularios, fijan sus reglas éticas internas y descubren que la lucha contra la violencia también pasa por el papeleo.

13. Primeros encargos

Llegan las primeras mujeres, los primeros informes, los primeros éxitos parciales y fracasos que ponen a prueba su método.

14. Fernando, detective de la sombra

Fernando convierte su talento callejero en una herramienta de protección: escucha, observa y documenta patrones de riesgo.

15. Alejandro, tecnología y datos

Alejandro diseña una base de datos que revela patrones de violencia y convierte cada caso en parte de un mapa más amplio.

16. Claudio, la ley por dentro

Claudio actúa como puente con comisarías y juzgados, usando la Ley Integral para exigir coherencia entre lo que se escribe y lo que se hace.

PARTE III. EL PROGRAMA AURORA

17. El eco de Luisa Ortega

El caso de Luisa se mantiene como brújula moral y herramienta de formación, recordándoles lo que ocurre cuando el sistema vuelve a fallar.

18. Aurora: mapa de riesgos

Nace Aurora, un sistema que integra factores de riesgo y niveles de alerta para priorizar casos y obligar a justificar decisiones.

19. Errores, aciertos y vidas salvadas

El uso de Aurora genera correcciones dolorosas, aciertos silenciosos y casos en los que su alerta temprana contribuye a salvar vidas.

20. Conectar con el algoritmo del Estado

Aurora se integra poco a poco en protocolos oficiales, convenios y estrategias nacionales, dejando de ser solo una herramienta local.

PARTE IV. DE GRANADA AL MUNDO

21. Veinticinco años de historial

La agencia hace balance de un cuarto de siglo de trabajo, con cifras, testimonios y una mirada crítica a sus logros y límites.

22. Aurora cruza fronteras

El modelo se presenta en foros internacionales y se adapta a otros países, dialogando con programas de ONU Mujeres y organizaciones de derechos humanos.

23. Cuarenta y siete años de amistad

En el bar de siempre, los tres amigos repasan una vida dedicada a pasar de la venganza soñada a la salvación trabajada caso a caso.

24. Una sociedad menos ciega

En 2026, con veinte años de ley integral, España es una sociedad menos ciega pero aún imperfecta; la historia queda abierta para quienes tomen el relevo.

Prólogo

Hay libros que nacen de una idea y otros que nacen de una herida. *De la venganza a la salvación* pertenece a los segundos.

Durante muchos años he cargado con nombres que no son míos, pero que se me han quedado dentro como si lo fueran: Francisca, Dolores, Luisa Ortega. Detrás de cada uno hay una historia de violencia machista en la provincia de Granada y en España, ocurrida entre finales de los años setenta y finales de los noventa.

Historias reales, documentadas en hemerotecas, sumarios y recuerdos de una época en la que la palabra «maltrato» apenas se susurraba y la expresión «violencia de género» ni siquiera se había inventado.

El caso de Francisca, una mujer asesinada en un contexto que la prensa de entonces redujo a «tragedia familiar», me enseñó cómo el lenguaje puede borrar a las víctimas: bastan dos líneas en una columna de sucesos para convertir una vida en estadística.

El de Dolores, atrapada en un entorno de silencios y complicidades, me confirmó que no siempre hay cámaras ni titulares cuando una mujer muere a manos de quien decía quererla.

El de Elvira, que vive con su cuerpo marcado por heridas y su mente profundamente afectada, enfrentando cada día las consecuencias de ese dolor físico y emocional. Y el de Luisa Ortega, que se atrevió a contar en televisión cuarenta años de malos tratos y fue asesinada trece días después por su exmarido en un pueblo metropolitano, fue el que terminó de sacudirme.

Yo vivía, como tantos, en esa frontera incómoda entre saber y no querer saber demasiado. Veía las noticias, comentaba la injusticia, cambiaba de canal. Pero cuando Luisa habló, ya no fue posible fingir que todo aquello era un «caso más». Su voz pausada, su relato preciso, su capacidad de nombrar lo que tantos habían preferido ocultar dejaron al descubierto no solo la brutalidad de su agresor, sino también la ceguera de un sistema que la escuchó y no la protegió.

Este libro nace de la necesidad de ordenar todo eso en un relato que pueda ser compartido. No es una investigación periodística ni un tratado jurídico, sino una novela que se alimenta de hechos, leyes y contextos reales para contar una verdad emocional: la de cómo una sociedad pasa de la indiferencia a la conciencia y de cómo, en ese proceso, se juega la vida de muchas mujeres y la dignidad de todos.

La primera historia, escrita hace años, llevaba más peso de ficción de venganza que de realidad. Había un atentado, un plan clandestino, una justicia por la mano que respondía a la impotencia que sentía como ciudadano. Con el tiempo comprendí que ese enfoque, aunque comprensible, se quedaba corto.

La verdadera trama no estaba en un gesto espectacular, sino en el trabajo largo y silencioso de quienes, día a día, intentan que casos como los de Francisca, Dolores, Elvira, Claudia y Luisa no se repitan: policías que no miran hacia otro lado, jueces que aplican las leyes con perspectiva de género, médicos que escriben en los partes lo que realmente ven, trabajadoras sociales que acompañan, asociaciones que sostienen.

Por eso esta versión cambia de enfoque. Los protagonistas —Alejandro, Fernando y Claudio— no son vengadores, sino profesionales atravesados por la misma rabia que cualquiera, pero empeñados en transformarla en algo distinto: *Investigaciones Castre y Compañía* y el programa Aurora. Ellos encarnan tres miradas que considero esenciales si queremos entender la violencia machista en toda su complejidad:

— La mirada de los «datos y los sistemas» (Alejandro), que recuerda que sin registros rigurosos todo parece azar y nadie es responsable.
— La mirada de la «ley por dentro» (Claudio), que muestra tanto el poder como las limitaciones de las reformas: desde las primeras medidas de finales de los noventa hasta la Ley Integral 1/2004 y sus desarrollos posteriores.
— La mirada de la «Calle y las Sombras» (Fernando), que se mueve entre barrios, portales y bares, donde la violencia muchas veces se cocina antes de llegar a un expediente.

Algunos de ellos ya no están entre nosotros, pero todos están hechos de retales de personas que sí existen: militares, policías, detectives, abogadas, trabajadoras sociales, víctimas y familiares con los que he cruzado historias a lo largo de los años. La ficción me permite reunir sus experiencias en tres biografías y atravesar, con ellos, cuarenta y siete años de historia, desde 1979 hasta 2026.

Aurora, el programa que crean, es quizá el elemento más abiertamente simbólico del libro. Podría interpretarse como un «algoritmo» concreto, pero para mí representa algo más amplio: el esfuerzo colectivo por ver lo que antes no se veía, por cruzar datos dispersos, por convertir la intuición en decisión informada. Habla de los protocolos de valoración del riesgo, de las bases de datos integradas, de las estrategias nacionales e internacionales contra la violencia de género que, con todos sus defectos, han ido emergiendo en las últimas décadas.

No ignoro los límites de todo esto. A pesar de las leyes, de los juzgados especializados, de los planes y de los programas, los feminicidios continúan. Cada año, en España, seguimos contando nombres y apagando velas. Por eso este libro no está escrito desde la complacencia, sino desde una mezcla de gratitud por lo avanzado y de lucidez por lo pendiente.

Mi intención no es dar lecciones ni ofrecer soluciones mágicas. Lo que pretendo, humildemente, es ofrecer un espejo narrativo donde quien lea pueda reconocer cosas que ya conoce —las noticias, los debates, las historias cercanas—, pero también verlas enlazadas en una línea de tiempo más larga: de Francisca y Dolores a Luisa Ortega, de los años en que todo se llamaba «asunto de familia» a este presente donde, al menos, hemos empezado a llamarlo por su nombre.

El título, *De la venganza a la salvación*, resume el viaje que yo mismo he hecho al escribir. Partí de la fantasía de «ajustar cuentas» con un sistema injusto; he llegado a la convicción de que la verdadera salvación —para las víctimas y también para nosotros como sociedad— pasa por construir mecanismos que funcionen mejor, aunque sea lentamente, y por acompañar a quienes sufren sin convertirnos en nuevos verdugos.

La novela no es un manual ni un panfleto, pero sí quiere ser una invitación a pensar cómo cada cual puede contribuir a esa salvación cotidiana: en una comisaría, en un juzgado, en un aula, en un vecindario, en una familia.

Si algo deseo para este prólogo es que prepare el ánimo del lector. Lo que viene a continuación no es una historia ligera, pero tampoco un desfile de horrores sin salida. Encontrará dolor, sí, porque la violencia de género lo contiene. Pero encontrará también amistad, humor a ratos, aprendizaje, errores asumidos y, sobre todo, la obstinación de tres hombres que deciden que la indiferencia ya no es una opción.

A Francisca, Dolores, Elvira, Claudia, Luisa Ortega y a todas las mujeres que se han quedado en el camino, va dedicado este libro. A quienes siguen luchando para que no haya más nombres que añadir, va dirigida esta historia. Si al terminarla sientes que la violencia de género te resulta un poco menos ajena y la responsabilidad un poco más cercana, habremos compartido la herida de la única manera que merece la pena: para que no se repita.

Apéndice breve y práctico

25. Cronología mínima (1979-2026)

- Finales de los 70-80: La violencia en la pareja se considera «asunto privado» o «riña familiar». Apenas hay regulación específica ni recursos especializados; los casos se tratan como delitos comunes o faltas.
- Los casos del año 1979.
- 1997-Caso Luisa Ortega: El 4 de diciembre, Luisa Ortega relata en televisión 40 años de malos tratos; el 17 de diciembre es asesinada por su exmarido en un pueblo metropolitano. Su caso abre un debate nacional y evidencia las carencias del sistema de protección.
- 1998-1999-Primeras medidas estatales: Se aprueba un Plan de Acción contra la Violencia Doméstica y se reforman Código Penal y Ley de Enjuiciamiento Criminal para perseguir de oficio los malos tratos y reconocer la violencia psíquica habitual.
- 2004-Ley Integral 1/2004: La Ley Orgánica de Medidas de Protección Integral contra la Violencia de Género reconoce la violencia machista como problema estructural, crea juzgados especializados, refuerza las órdenes de protección y establece medidas penales, sociales, laborales y educativas.

- 2005-2015-Desarrollo y consolidación: Se implantan juzgados de violencia sobre la mujer, unidades policiales específicas, protocolos sanitarios y educativos, y sistemas de recogida de datos y estadísticas oficiales.
- 2016-2024-Estrategias y evaluación: Se aprueban nuevas estrategias estatales contra la violencia de género, se amplían formas reconocidas (violencia sexual, trata, violencia digital) y se revisan los resultados tras más de una década de Ley Integral, señalando avances y fallos persistentes.
- 2026-Presente: España es considerada referencia internacional en legislación y políticas contra la violencia de género, pero sigue registrando decenas de feminicidios cada año y afronta retos en protección de menores, coordinación territorial y atención a mujeres migrantes y en contextos de especial vulnerabilidad.

26.Recursos de ayuda

Si tú o alguien cercano sufrís violencia de género, no estáis solos. Existen recursos confidenciales y gratuitos:

- Teléfono 016 (España)
Información y asesoramiento jurídico en violencia de género, 24 horas, 365 días.
No deja rastro en la factura, aunque conviene borrar el registro de llamadas del dispositivo.

– Emergencias 112
Si estás en peligro inmediato, llama al 112 (o al número de emergencias de tu país) para solicitar actuación urgente de policía y servicios sanitarios.

– Servicios autonómicos y municipales.
Centros de la mujer, Puntos de Atención Integral, servicios sociales y oficinas municipales ofrecen atención psicológica, jurídica y social especializada. Consulta la web de tu comunidad autónoma o ayuntamiento.

– Asistencia jurídica gratuita
Las víctimas de violencia de género tienen derecho a asistencia letrada gratuita desde el momento de la denuncia, con independencia de sus recursos económicos.

– Organizaciones y ONG
Asociaciones de mujeres y organizaciones de derechos humanos (como Amnistía Internacional u otras entidades locales) ofrecen acompañamiento, apoyo psicológico y defensa de derechos.

– Ámbito internacional
ONU Mujeres y otros organismos internacionales trabajan con estados y organizaciones civiles para mejorar las leyes y políticas contra la violencia de género en todo el mundo; consultar sus páginas puede orientar hacia recursos locales en otros países.

Este apéndice no sustituye a la ayuda profesional ni a los canales oficiales, pero quiere ser un recordatorio claro: siempre hay lugares donde empezar a pedir apoyo, y ningún acto de violencia es «un asunto privado» que deba soportarse en silencio.

PARTE I

De la venganza a la conciencia

Hubo un tiempo en que la violencia no tenía nombre. Un tiempo en que los golpes se escondían detrás de puertas cerradas y los gritos se confundían con el ruido de la ciudad.

Granada era entonces un lugar que despertaba, pero aún no sabía mirar.

De aquel silencio nacieron las primeras grietas. Y de esas grietas, la necesidad de ver, de nombrar, de no volver a callar.

Aquí comienza la historia de quienes eligieron abrir los ojos.

1

Una mañana en Granada: 26 de mayo de 1979

EL CASO DE SAN JUAN DE DIOS

Granada en febrero del 1979 olía a tabaco negro, a gasolina y a pan recién hecho. Por las mañanas, la gente seguía apretándose en los autobuses como si la dictadura no hubiera terminado del todo; por las noches, los bares se llenaban de conversaciones que hablaban de democracia, de amnistía, de futuro. No era un lugar fácil, pero para tres jóvenes de veintiocho años —Alejandro, Fernando y Claudio— era el centro exacto del mundo.

Se habían hecho inseparables en el instituto, justo en ese curso en que los profesores empezaban a pronunciar palabras que antes solo se susurraban: *libertad, derechos, justicia.* Venían de casas distintas, con sus propias heridas y silencios, pero compartían una convicción casi ingenua: el mundo podía ser distinto.

Aquella tarde de marzo bajaban por la calle San Juan de Dios después de pasar el día entre la facultad el trabajo y un bar pequeño cerca de la plaza de toros, donde hablaban de fútbol, de chicas y de política con la solemnidad exagerada de los dieciocho años. Llevaban vaqueros gastados, chaquetas baratas y una fe intacta en la palabra *cambio.*

Entonces ocurrió.

Primero fue un grito: no un grito aislado, sino un rugido desesperado que se filtró por el portal de un edificio viejo. Después, un golpe seco, contundente. Luego, silencio. De ese silencio emergió un llanto infantil, ahogado.

—¿Habéis oído eso? —preguntó Fernando, deteniéndose.

—Será una bronca —dijo Alejandro, mirando hacia arriba—. En mi casa se oyen así cuando discute el vecino del tercero.

Claudio frunció el ceño. Tenía esa capacidad —incluso entonces— de fijarse en lo que otros pasaban por alto: la puerta del portal entreabierta, un buzón abollado, la luz amarillenta del descansillo. Otro golpe. Más sordo. Algo se tensó dentro de él.

—Eso no es una bronca cualquiera —dijo—. Vamos a mirar.

Subieron las escaleras de dos en dos. A mitad de tramo se cruzaron con una vecina que bajaba deprisa, la cabeza gacha, la bolsa de la compra apretada contra el pecho. Les dijo «buenas tarde» sin mirarlos y salió a la calle como si escapara de algo.

En el segundo piso encontraron la puerta. No hacía falta ser muy listo: detrás de ella seguían los murmullos, el llanto, el golpe rítmico de algo contra una superficie dura.

Fernando llamó.

—¿Hola?

El ruido se detuvo. Una voz de hombre, borracha y furiosa, respondió:

—¡¿Quién coño llama ahora?!

La puerta se abrió apenas un palmo. Un ojo enrojecido, barba de varios días, olor a alcohol.

—Aquí todo va perfecto —escupió—. Meted las narices en vuestra casa, niñatos.

Intentó cerrar, pero Fernando puso el pie.

—Hemos oído llorar a alguien —dijo—. Solo queremos asegurarnos de que nadie está…

Alejandro la vio entonces. Detrás del hombre, en el suelo, una mujer de treinta y tantos apoyada contra la pared, con el labio roto y un ojo amoratado. A su lado, un niño pequeño aferrado a su falda, la cara empapada en lágrimas.

La mirada de la mujer se cruzó con la de Alejandro. No pidió ayuda, pero en sus ojos había un mensaje claro: *no os metáis, será peor.*

Claudio dio un paso adelante.

—Vamos a llamar a la policía —dijo, alto.

El hombre infló el pecho.

—Aquí no hay nada que denunciar. Esto es asunto mío. De mi casa. De mi mujer y de mi hijo.

La mujer movió la cabeza, apenas un gesto: *no.* Un no lleno de miedo, de costumbre, de años de golpes.

—Vámonos —susurró Alejandro—. Ahora mismo no vamos a arreglar nada.

Bajaron las escaleras con el estómago revuelto. En la calle, el ruido de los coches parecía obsceno, como si el mundo siguiera igual después de haber visto aquello.

—Esto no puede ser normal —dijo Fernando, con los puños apretados.

—Es lo que hay —respondió Claudio—. La policía lo archivará como "riña familiar". Lo he visto.

Alejandro lo miró, incrédulo.

—¿Y eso te parece bien?

—Me parece que es la realidad —dijo Claudio—. Y ella no va a denunciar. Lo veías en sus ojos.

Esa noche ninguno durmió bien. Pero fue Alejandro quien, días después, decidió actuar. Se coló en el archivo de la comisaría donde hacía prácticas y buscó entre montones de papeles amarillentos. Horas después encontró el parte.

La esposa presenta signos leves de alteración emocional…
Se archiva como RIÑA FAMILIAR.

No mencionaba los moratones. Ni la sangre. Ni el miedo del niño.

Guardó ese atestado en la memoria como quien guarda una piedra en el bolsillo. Fue la primera vez que entendió que el sistema, tal como estaba diseñado, era incapaz de ver la violencia que tenía delante.

Años más tarde, cuando ya hablaban de leyes, protocolos y prevención, recordarían aquel caso de 1979 como el origen de todo. No por ser el más grave, sino porque los obligó a elegir entre mirar hacia otro lado o empezar a ver de verdad.

EL CASO SÁNCHEZ GONZÁLEZ

España, mayo de 1979. El país aún caminaba torpemente hacia la democracia. Solo habían pasado cuatro años desde la muerte de Franco. Las instituciones estaban desordenadas, los juzgados saturados, la policía desorientada. La violencia doméstica no existía como concepto legal: era un "asunto privado". Tan privado que ni siquiera tenía nombre.

En ese contexto vivía la familia Sánchez González, en un barrio de clase media de Granada. Francisca, la madre, 58 años, era una mujer respetada, conocida por su dulzura. Con ella vivían sus dos hijas: Dolores, separada y madre de una niña de dos años, y Elvira, la menor. La pequeña Claudia era el centro de la casa.

El yerno, Emilio Martínez López, 45 años, trabajaba en una fábrica de toneles. Su matrimonio con Dolores estaba en proceso de separación. Los vecinos habían escuchado discusiones, gritos, portazos. Pero en 1979 no existían órdenes de protección. No había especialistas. La policía no intervenía en "asuntos familiares".

El 25 de mayo de 1979, Emilio llegó a recoger a su hija como cada fin de semana. Según los informes posteriores, estaba agitado. Pasó el día con la niña y la devolvió por la tarde. Todo parecía rutinario.

Pero algo cambió.

A las 23:30 volvió a la casa. Francisca abrió la puerta. Lo que ocurrió en los siguientes tres minutos fue un acto de violencia que los investigadores describieron como incomprensible.

Ochenta y dos puñaladas. Tres mujeres. Una niña de dos años presente.

Francisca murió primero. Dolores después. Elvira, la menor, logró defenderse lo suficiente para sobrevivir, aunque quedó gravemente herida. Claudia, la niña, presenció el horror desde la cuna.

Tras el ataque, Emilio se fue a casa de su familia. Se duchó. Se cambió de ropa. Tres horas después se presentó voluntariamente en la comisaría y se entregó. Los informes policiales de la época son vagos, confusos, casi torpes. No entendían —o no querían entender— lo que había ocurrido.

Elvira pasó 47 días en el hospital. Su hermano Alejandro donó sangre durante la transfusión de emergencia. Años después, él recordaría ese momento como el instante exacto en que su mundo se derrumbó.

Emilio fue encarcelado en la prisión provincial de Granada, en aislamiento. Cada día que pasaba allí era un recordatorio de un sistema que no supo ver, no supo actuar, no supo proteger.

2

Alejandro, el aire y el silencio

Alejandro siempre había sentido fascinación por el cielo. De niño, mientras otros se fijaban en los coches o en los escaparates, él levantaba la vista para seguir con la mirada el trazo blanco de los aviones. No era solo el aparato: era la idea de que allí arriba había un orden, un conjunto de reglas invisibles que permitían que toneladas de metal se sostuvieran sobre el aire sin caerse.

Quizá por eso, cuando tuvo que elegir, no dudó en presentarse a las pruebas para ingresar en la Comandancia del Ejército del Aire. No lo movía el patriotismo ni el gusto por las armas, sino esa atracción por los sistemas que funcionaban con precisión matemática: planes de vuelo, turnos de guardia, protocolos de emergencia.

Los primeros años fueron un baño de disciplina. Supo lo que era levantarse a la misma hora todos los días, lo que significaba que una orden, por absurda que pareciera, se cumplía y punto. Aprendió códigos, jerarquías, formas de hablar que solo tenían sentido dentro de la base. Pero, sobre todo, aprendió a trabajar con datos: registros de vuelo, partes de mantenimiento, informes de incidentes. Todo quedaba por escrito, todo debía poder reconstruirse después.

Lo que más le impresionaba no eran los aviones, sino el archivo. Aquellas estanterías llenas de carpetas, cada una con un código, una fecha, un nombre. Un ejército de papeles que, bien organizados, podían contar la historia de la base al detalle: quién había despegado, quién había cometido un error, quién había salvado una situación límite.

Con el tiempo, ese amor por el orden empezó a mezclarse con una sospecha. En los descansos, cuando sus compañeros hablaban de fútbol o de maniobras, Alejandro pensaba en el atestado de 1979 que había leído en la comisaría. En aquellas palabras que lo habían marcado: «riña familiar», «sin signos evidentes de delito». También eran papeles, también eran datos, pero parecían escritos para que nadie pudiera reconstruir la verdad.

—En el aire —se decía a sí mismo— un informe borroso puede matar a alguien. En tierra, parece que un informe borroso sirve para no ver nada.

Esa idea, repetida una y otra vez, lo fue cambiando. Cuando en la base llegaba un parte de accidente doméstico relacionado con algún militar —un puñetazo mal explicado, una denuncia que no prosperaba—, Alejandro se fijaba con la misma atención con que miraba los informes de vuelo. Le interesaba saber qué se hacía con esa información. La respuesta casi siempre era la misma: nada. Se archivaba bajo etiquetas que suavizaban los hechos: «problemas familiares», «conflicto conyugal».

En una ocasión, se atrevió a preguntar a un oficial por qué no se tomaban medidas más claras cuando una mujer denunciaba malos tratos de un miembro del Ejército.

—Mientras no haya condena, son asuntos privados —respondió el oficial, sin levantar la vista de los papeles—. Y aquí no estamos para resolver la vida íntima de nadie.

Ese «asuntos privados» se le clavó como una astilla.

Con los años, Alejandro desarrolló una doble mirada. Por un lado, la profesional: cumplía órdenes, gestionaba datos, hacía cuadrar cifras y horarios. Por otro, la del ciudadano que no puede dejar de ver lo que ocurre en los márgenes de los papeles. Empezó a guardarse pequeñas notas en una libreta de tapas negras: fechas de denuncias, referencias a partes médicos, cambios de domicilio. No podía intervenir oficialmente, pero necesitaba que al menos alguien supiera cómo encajaban esas piezas.

Fue también en esos años cuando aprendió la potencia de un buen sistema. En la base, cuando algo fallaba, no se culpaba solo al piloto o al mecánico. Se revisaban procedimientos, se ajustaban protocolos, se mejoraban las listas de comprobación. Se entendía que el error individual formaba parte de un conjunto más amplio.

—Con la violencia machista pasa justo al revés —pensaba Alejandro—. Todo se atribuye al individuo: «un loco», «un momento de ira», «una mala relación». Nadie se pregunta qué hay en el sistema que permite que eso ocurra una y otra vez.

Esa diferencia fue calando en él. El Ejército le dio herramientas: capacidad de análisis, método, respeto por el dato. Pero también le enseñó el peso del silencio institucional, la facilidad con la que una organización enorme puede hacer invisible lo que no le conviene mirar.

Cuando se reunía con Fernando y Claudio en el bar de siempre, no hablaba mucho de la base. Ellos conocían más sus anécdotas cómicas que las cifras que él llevaba en la cabeza. Pero en cada conversación sobre casos de violencia, sobre mujeres que volvían una y otra vez a comisaría, sobre atestados archivados, Alejandro sentía que algo dentro de él se alineaba, como si todo su aprendizaje técnico estuviera esperando una ocasión para volcarse en otra cosa.

Aún no sabía cómo, pero intuía que el mismo rigor que evitaba accidentes de avión podría, algún día, evitar tragedias en las casas. Bastaba con que alguien se atreviera a diseñar un sistema capaz de ver lo que hasta entonces todos habían decidido no ver.

3

Claudio, policía de servicio

Claudio no soñó de niño con ser policía, creció en un barrio obrero donde la policía era, más bien, algo que se evitaba: controles de documentación, redadas, malos modos. Pero también creció escuchando a su madre decir, una y otra vez, que alguien tenía que hacer las cosas bien, aunque el mundo estuviera torcido.

Cuando tuvo que elegir oficio, se encontró a medio camino entre la necesidad y la vocación. Necesidad, porque la familia no podía pagarle una carrera larga y el ingreso en el cuerpo ofrecía un sueldo fijo. Vocación, porque en el fondo sentía que llevar una placa podía ser la forma de estar del lado correcto en una ciudad que aún arrastraba demasiados miedos de tiempos anteriores.

La academia fue un golpe de realidad. Aprendió técnicas de defensa personal, reglamentos, procedimientos. Pero muy pronto se dio cuenta de que la teoría y la práctica no siempre caminaban juntas. En las clases se hablaba de «proteger a los ciudadanos», «prevenir delitos», «velar por la seguridad». En las guardias reales, muchos veteranos le enseñaban otra cosa: «no te compliques la vida», «cuanto menos escribas, mejor», «los problemas de casa, que se queden en casa».

Su primer contacto serio con la violencia doméstica fue casi calcado al caso de 1979 que había vivido con Alejandro y Fernando. Llamada de un vecino, gritos, golpes, una mujer con la cara marcada y un hombre borracho vociferando. Claudio venció la timidez del novato para sugerir que quizá había que tomar una denuncia.

—¿Denuncia de qué? —le respondió el veterano que llevaba el mando, un hombre de bigote grueso y voz cansada—. Riña familiar. Ya se les pasará.

—Pero ella tiene lesiones visibles —insistió Claudio.

El veterano suspiró, como quien habla con un niño que no entiende las reglas del mundo.

—Mira, chiquillo. Mañana vuelve con un ramo de flores y aquí no ha pasado nada. Y si forzamos una denuncia, luego viene ella a quitarla y el marrón nos lo comemos nosotros. ¿Quieres eso? Porque yo no.

Claudio aprendió a callarse, pero no a acostumbrarse. Cada vez que un atestado salía con la etiqueta de «riña familiar», sentía que estaba participando en una mentira colectiva. Empezó a fijarse en patrones: nombres de mujeres que aparecían varias veces, a lo largo de los años, en diferentes partes; direcciones donde la patrulla acudía una y otra vez; niños que crecían viendo a sus madres entrar y salir de comisaría sin que nada cambiara realmente.

Con el tiempo, se ganó una reputación ambigua. Para algunos compañeros era «el escrupuloso», el que se empeñaba en dejar constancia de todo, en escribir más de la cuenta, en preguntar a la mujer si quería realmente retirar la denuncia o si lo hacía por miedo. Para otros, era simplemente un buen policía que se tomaba en serio el uniforme.

Una noche de invierno, llegó a comisaría una mujer con dos niños pequeños. Tenía el abrigo roto, el pelo revuelto, los ojos rojos de llorar. Dijo que venía «a ver si podía hacer algo», que no quería denunciar porque tenía miedo, pero que ya no podía más.

Claudio la acompañó a una mesa, le ofreció un vaso de agua y se sentó frente a ella, sin prisas. Escuchó la historia: años de insultos, de golpes, de amenazas con cuchillo. El miedo a quedarse en la calle con los niños si se separaba. Los vecinos que «me dicen que tenga paciencia, que a ver si cambia».

Al final, ella pronunció la frase que Claudio ya había oído demasiado:

—Yo no quiero que a él le pase nada. Solo quiero que deje de pegarme.

Claudio abrió la boca para decirle que lo que quería era imposible, que un agresor que no es sancionado difícilmente deja de agredir. Pero se contuvo. En lugar de eso, escribió un atestado lo más detallado posible, insistió en dejar constancia de las amenazas, de las lesiones anteriores, de la presencia de los niños. Elevó el informe, sabiendo que quizá terminaría en una carpeta olvidada o en un cajón de sobreseimientos.

Aquella noche, de vuelta a casa, se encontró con Alejandro y Fernando en el bar «de Manolo». Les contó el caso, con nombres cambiados, pero con la rabia intacta.

—Lo que me mata —dijo— no es solo lo que él le hace. Es lo que el sistema no hace. La ley aún no nos permite tratar esto como lo que es: violencia continuada. Lo seguimos llamando «problemas de pareja».

Alejandro respondió hablando de los informes de la base, de cómo el lenguaje puede ocultar o revelar la realidad. Fernando, desde su experiencia en los bordes de la legalidad, habló de hombres que presumían de «tener a la mujer domada», de bares donde la violencia se contaba como chiste.

—Si alguna vez hacemos algo juntos —dijo Claudio, casi sin darse cuenta de lo que estaba diciendo—, me gustaría que fuera para que ninguna mujer tenga que venir a comisaría a decir: «No quiero que le pase nada, solo quiero que deje de pegarme». Me gustaría que sepan que la ley está para protegerlas, no para encerrarlas con él.

Sus amigos lo escucharon en silencio. En ese momento, aún eran solo palabras dichas al calor de la noche, pero años después reconocerían en ellas la semilla de algo más grande.

Mientras tanto, Claudio siguió haciendo lo que podía desde dentro. Presionaba a fiscales, hablaba con jueces que parecían más sensibles, colaboraba con asistentes sociales que venían a comisaría a preguntar por casos antiguos. No siempre funcionaba, pero de vez en cuando un procedimiento avanzaba, una orden de alejamiento se concedía, una mujer conseguía rehacer su vida.

Esos pequeños logros eran lo que le impedía rendirse. Cada vez que veía un nuevo titular de «mujer asesinada por su pareja», sentía una mezcla de culpa y de determinación. Sabía que no podía salvar a todas, pero también sabía que había demasiadas muertes que podrían haberse evitado con un sistema mejor.

Por eso, cuando años más tarde se sentó en el café con Alejandro y Fernando y escuchó la propuesta de crear una agencia propia, no dudó. Llevaba demasiado tiempo viendo cómo el engranaje oficial se quedaba corto. Tal vez había llegado el momento de construir, con sus propias manos, una máquina diferente. Una que no llamara «riña familiar» a lo que era violencia. Una que no mirara hacia otro lado cuando una mujer entraba en comisaría con miedo en los ojos y esperanza en las manos.

4

Fernando y la sombra de la venganza

Si Alejandro miraba al cielo y Claudio al papel, Fernando miraba siempre a las esquinas.

Desde niño había tenido esa capacidad casi instintiva de detectar lo que otros pasaban por alto: un gesto raro en un portal, un coche aparcado demasiado tiempo en el mismo sitio, una mirada que se desviaba justo cuando debía sostenerse. No era desconfianza gratuita; era una especie de radar natural para las sombras.

Su juventud transcurrió a caballo entre trabajos precarios y noches largas. Mientras Alejandro se disciplinaba en la comandancia y Claudio se endurecía en la academia de policía, Fernando se movía por los márgenes: repartidor, camarero, mozo de almacén. En todos esos oficios, lo que más le interesaba no era el trabajo en sí, sino las historias que circulaban alrededor: el camarero que sabía quién engañaba a quién, el encargado que sabía de qué vivían realmente algunos clientes.

Fue un viejo conocido del barrio quien, una tarde cualquiera, le plantó sobre la barra una tarjeta con un número y dos palabras: «Investigador Privado». No tenía título oficial, pero sí un puñado de encargos: seguir a un marido que llegaba tarde a casa, comprobar si un socio robaba de la caja, vigilar a un hijo que se juntaba con malas compañías. Fernando descubrió que aquello se le daba bien. Escuchar sin interrumpir, observar sin ser visto, esperar durante horas sin perder la paciencia.

No tardó en entender que, detrás de muchos de esos encargos, había algo que se parecía mucho a lo que Alejandro y Claudio veían desde sus instituciones: violencia, control, miedo. Hombres que pedían «vigilar» a sus mujeres, no porque sospecharan de una infidelidad, sino porque querían asegurarse de que no se atrevieran a denunciar. Padres que querían saber con quién se veía su hija «porque va por mal camino», cuando en realidad la chica buscaba simplemente un refugio lejos de los gritos de casa.

La primera vez que le pidieron «darle un escarmiento» a alguien, Fernando sintió que se asomaba a un precipicio. Un hombre de traje caro lo citó en un bar y le deslizó un sobre grueso con billetes.

—Solo quiero que le pegues un susto —dijo—. Que entienda que no puede seguir hablando. Nada grave, ¿eh? Un par de golpes y listo.

Fernando se quedó mirando el sobre como si fuera una bomba.

—No soy matón —respondió—. Yo observo, no pego.

—Pues búscate la vida —replicó el tipo—. Al final es lo mismo: ella se calla y todos contentos.

Fernando empujó el sobre de vuelta.

—Ella no se va a callar porque tú me pagues. Y yo tampoco.

Aquella noche, sin embargo, la escena se le quedó clavada. Por primera vez vio con claridad que su oficio podía cruzar fácilmente la línea entre buscar la verdad y convertirse en una herramienta más del abuso. Podía investigar para proteger o para controlar. Podía usar sus ojos para iluminar o para oscurecer.

Durante un tiempo, la rabia le ganó la partida. Cada vez que veía un caso de violencia machista que quedaba impune, cada vez que Claudio le contaba que una denuncia se archivaba o que Alejandro le hablaba de un parte de «problemas familiares» en la base, Fernando fantaseaba con otra justicia: rápida, directa, sin papeles. Imaginaba encuentros nocturnos en callejones solitarios, hombres violentos recibiendo en la cara lo que habían dado tantos años.

Esa fantasía tenía algo de alivio, pero también algo de veneno. Lo notó cuando, en una discusión con Alejandro, este le dijo:

—Si haces eso, te conviertes en lo mismo que ellos. Solo que con mejor excusa.

Fernando no respondió en el momento, pero la frase le quedó resonando. Sabía que Alejandro tenía razón. Sabía también que su sed de venganza era, en parte, la forma que tenía de no sentirse totalmente impotente ante tanto dolor.

El giro definitivo llegó con un encargo distinto a todos los demás: una mujer que venía sola, sin intermediarios, y que no pedía control ni escarmiento, sino algo mucho más sencillo y mucho más difícil.

—Quiero saber —le dijo— si estoy loca o si lo que siento es real.

Le contó su historia: un marido que jamás levantaba la mano, pero que la minaba día a día con desprecios, humillaciones, control económico. No había moratones visibles, pero sí una niebla constante alrededor de su cabeza.

Fernando la siguió unos días, observó la rutina de la pareja, escuchó conversaciones desde la barra de bares, habló con vecinos y conocidos. Al final, le entregó un informe que no era un listado de fotos o de horarios, sino una especie de espejo: descripciones de escenas, frases exactas, gestos. La mujer lo leyó en silencio y, cuando terminó, lloró.

—Gracias —dijo—. No porque me vaya a salvar, eso ya lo veré yo. Gracias porque alguien por fin me ha dicho que no estoy loca.

Ese agradecimiento fue un punto de inflexión. Fernando entendió que su verdadero poder no residía en sus puños, sino en su capacidad para ver y nombrar lo que otros preferían ignorar. Podía ser la sombra que se movía por los márgenes, sí, pero una sombra que registraba la verdad para que aflorara a la luz en juzgados, comisarías, conversaciones familiares.

Empezó a llamarse a sí mismo, en broma, el Detective de la sombra. La etiqueta, compartida con Alejandro y Claudio entre risas y copas, fue tomando un tono más serio con el tiempo. No era un héroe ni un vengador, pero tampoco un simple observador. Su lugar estaba en ese punto intermedio incómodo: ver lo que nadie quería ver y colocarlo, con cuidado, sobre la mesa de quienes debían actuar.

Por eso, cuando el caso de Luisa Ortega estalló y sus amigos comenzaron a hablar de crear algo propio, Fernando supo que su papel estaba claro. Podía dejar atrás la fantasía de la venganza y convertir su intuición callejera en una herramienta de justicia. Podía seguir habitando las sombras, pero esta vez con un propósito distinto: iluminar, no castigar.

5

Los tres en la barra de un bar

Habían pasado ya varios años desde aquel primer caso de 1979. La vida los había llevado por caminos distintos: Alejandro con su uniforme y sus informes de vuelo, Claudio con su placa y sus turnos interminables, Fernando con sus encargos a medio camino entre la legalidad y la penumbra. Pero había un lugar que permanecía inmutable: la barra del bar de Manolo, en un cruce discreto del barrio del Zaidín en Granada donde siempre había una silla libre para ellos.

El bar no tenía nada especial: mesas de mármol, taburetes de metal, una televisión pequeña colgada en una esquina, olor a café, a *pizza* y a fritura. La cocinera Marcela, en una cocina pequeña, se desenvolvía con una alegría y una pasión inigualables. Sin embargo, para ellos era una especie de cuartel general, un refugio donde podían despojarse del papel oficial que cada uno representaba durante el día.

Aquella noche de otoño, el bar estaba medio vacío. Manolo limpiaba vasos detrás de la barra y en la televisión sonaba de fondo un partido sin importancia. Los tres amigos ocupaban sus taburetes de siempre, alineados como si el tiempo no hubiera pasado.

—He tenido otro caso hoy —empezó Claudio, después de un sorbo de cerveza—. Mujer de unos treinta, dos críos. Viene a denunciar, pero en cuanto ve el formulario se bloquea. Me dice: «Si denuncio, él me mata. Si no denuncio, me mata por dentro». Y al final, firma, pero con una letra que tiembla.

Fernando apoyó los codos en la barra.

—¿Y qué has hecho?

—Lo que puedo —respondió Claudio—. Dejarlo todo bien detallado, hablar con la fiscalía, intentar que la orden de protección no se quede en papel mojado. Pero sé cómo funciona esto: si el juez de guardia está saturado, si el informe médico llega tarde, si ella tiene un momento de miedo y retira la denuncia, volvemos al punto de partida.

Alejandro los escuchaba en silencio, girando la cucharilla en el café.

—En la base —dijo por fin—, si hay un fallo, se investiga de arriba abajo. Se pregunta qué protocolo falló, qué dato no se tuvo en cuenta, qué alarma no sonó. Aquí, cuando falla algo y terminan matando a una mujer, decimos: «Era un loco», «nadie podía preverlo». Y se archiva el asunto moralmente. Como si fuera una desgracia inevitable.

Fernando sonrió sin humor.

—Eso es porque nadie quiere mirar la cadena completa. Yo la veo todos los días: primero, un insulto. Luego, un empujón. Más tarde, un puñetazo. Después, el aislamiento, las amenazas, el control del dinero. Y al final, si nadie interviene, el golpe definitivo. No es un rayo que cae del cielo. Es una tormenta que se ve venir desde kilómetros.

Manolo les sirvió otra ronda y les preguntó si querían una tapa, pues Marcela cerraba ya la cocina. Sabía que cuando se ponían así, la noche iba para largo.

—Siempre volvemos a lo mismo —dijo Claudio—. Cada uno ve un trozo: la patrulla que acude a la riña, el médico que atiende las lesiones, el juez que decide sobre una orden de alejamiento, el vecino que escucha los gritos. Pero nadie ve la película entera.

Alejandro dejó la jarra de cerveza a un lado.

—¿Y si nosotros la viéramos?

Fernando lo miró, intrigado.

—¿Cómo?

—Juntando lo que sabemos —respondió Alejandro—. Yo puedo leer sistemas, diseñar formas de registrar datos, de conectar información. Claudio conoce la ley por dentro, sabe dónde se atascan los expedientes. Tú conoces la calle, sabes cómo piensan ellos, cómo se mueven, qué señales dan antes de golpear.

—¿Y eso en qué se traduciría? —preguntó Fernando. Claudio se inclinó hacia ellos.

—En que dejemos de venir aquí solo a quejarnos —dijo—. En que usemos estos años de ver y sufrir para algo más que para acumular historias de bar. Piensa en el caso del 79, en todos los que vinieron después, en Luisa Ortega... ¿De verdad vamos a seguir contando estas historias sin hacer nada?

El nombre de lo ocurrido en 1979 y el de Luisa cayó en la barra como una cuarta jarra. Desde su testimonio en televisión y su asesinato en un pueblo metropolitano, la ciudad seguía removida. Se hablaba de reformas legales, de medidas de protección, de futuras leyes integrales. Pero en el día a día, las cosas no cambiaban tan deprisa como decían los discursos.

—¿Qué propones exactamente? —preguntó Fernando. Alejandro respiró hondo.

—Una especie de… grupo. Un equipo. Llamadlo como queráis. Que estudie casos, que los siga de principio a fin, que acompañe a las víctimas, que levante informes propios. No para sustituir a la policía o a los jueces, sino para que no puedan decir que no sabían.

Fernando lo imaginó: ellos tres, con sus habilidades distintas, metiéndose en el corazón de los casos, escuchando a las mujeres, rastreando al agresor, conectando datos dispersos. Sonaba ambicioso, incluso ingenuo. Pero también sonaba necesario.

—Sería peligroso —advirtió—. Nos ganaríamos enemigos.

—Ya los tenemos —replicó Claudio—. Cada vez que presiono para que no se archive una denuncia, algún compañero me mira mal. Cada vez que tú, Fernando, te niegas a hacer trabajos sucios para tipos con dinero, te cierras una puerta. Y cada vez que Alejandro se empeña en señalar incoherencias en los informes, hay quien piensa que es un quisquilloso. La diferencia es que ahora esos riesgos no llevan a ninguna parte.

Manolo, que fingía no escuchar, pero tenía la oreja puesta, se acercó con una sonrisa.

—Si montáis algo —dijo—, ya tenéis cliente. Por lo menos para las cañas.

Los tres rieron, agradeciendo la ligereza. Pero la idea ya había prendido. Aquella noche, mientras el partido terminaba en la televisión y el resto de los clientes se iban marchando, siguieron dándole vueltas. Hablaban de posibles nombres, de formas de trabajar, de cómo evitar convertirse en una caricatura de detectives de novela negra.

Cuando salieron a la calle, el frío los despejó. Caminaban en silencio, pero cada uno llevaba un fuego distinto encendido por dentro: Alejandro pensaba en diagramas y sistemas; Claudio, en leyes y expedientes; Fernando, en rostros de mujeres que podrían haber sido protegidas.

Lo que aún no sabían es que aquellas conversaciones de barra, repetidas durante meses, serían el germen de algo mucho mayor. Años después, cuando ya existiera *Investigaciones Castre y Compañía*, recordarían con cariño y con un poco de rabia aquellas noches en las que todo era todavía una posibilidad.

Porque en la barra de un bar —lo habían aprendido sin darse cuenta— también se puede empezar a cambiar el mundo. Solo hace falta que las palabras no se queden flotando sobre los vasos, sino que algún día encuentren forma en un papel, en un plan, en una decisión compartida.

6

La voz en la televisión

4 de diciembre de 1997.

Granada se preparaba para la Navidad como cada año: luces en las calles, escaparates de tiendas adornados, el olor a turrón y a vino dulce en las barras. Pero en una casa modesta del barrio de Recogidas, en lo que quedaba de la tarde de ese miércoles, tres hombres estaban pegados al televisor como si el mundo dependiera de lo que iban a escuchar.

Alejandro había llamado a Fernando apenas una hora antes. «Mete el Canal Sur», fue todo lo que dijo. Su voz sonaba extraña, como si tuviera algo atrapado en la garganta. Fernando alertó a Claudio, y los tres se encontraron en el pequeño salón del primero, un lugar donde se habían reunido incontables veces a lo largo de casi dos décadas, siempre con café, a veces con vino, nunca con mucho que decir que no fuera una queja o un recuerdo.

Cuando empezó la entrevista, nadie hizo comentarios. Solo escuchaban. En la pantalla, una mujer de sesenta años hablaba con una claridad que casi dolía. Se llamaba Luisa Ortega y llevaba cuarenta años casada. Cuarenta años, dijo con esa voz que era a la vez fuerte y cansada, cuarenta años sufriendo lo que nadie debería sufrir.

Alejandro sintió que el café en su taza se enfriaba sin que él lo tocara. Fernando tenía las manos apretadas en los brazos de la silla. Claudio había sacado un cuaderno, como si necesitara escribir lo que estaba oyendo para convencerse de que era real.

Luisa hablaba de los golpes. De los gritos. De cómo, después de la separación, la obligaban a seguir viviendo en la misma parcela, en una casita anexa, donde podía verlo todos los días. De cómo le había quitado a la hija. De cómo nadie le creía, o si le creían, no sabían qué hacer con aquello que ella contaba.

—Llevo cuarenta años de maltratos —dijo Luisa en algún momento, con esa entonación de quien ha hablado demasiadas veces sobre lo mismo y ya no espera que nadie le escuche.

Pero ese día, en Granada, en ese pequeño salón, tres hombres la estaban escuchando como si ella fuera la última mujer sobre la Tierra.

DOCUMENTO 2. FRAGMENTO DEL TESTIMONIO DE LUISA ORTEGA EN LOS MEDIOS GRANADA, 4 DE DICIEMBRE DE 1997

He sufrido maltratos toda mi vida. Cuarenta años. Mi marido me pegaba, me insultaba, me amenazaba. Después de la separación, me obligó a vivir en una casita junto a la suya, en la misma parcela. Tenía que verlo todos los días. Me quitó a mi hija. Fui a la policía, a los juzgados, conté lo que estaba pasando. Nadie me ayudó. O no sabían cómo, o no querían. Por eso ahora cuento mi historia aquí, porque si no la cuento nadie sabrá que existo, que he existido todo este tiempo sufriendo.

Cuando terminó la entrevista, Alejandro fue el primero en hablar.

—Eso que acabamos de escuchar es exactamente lo que hemos visto mil veces durante veinte años. Pero con ella es diferente.

—¿Por qué? —preguntó Fernando.

—Porque tiene un rostro. Porque lo dice en la tele, delante de todo el mundo. Porque no puede ignorarse.

Claudio dejó el cuaderno sobre la mesa.

—Mañana todo el mundo lo sabe. Mañana todo Granada sabe que existe, que existe ese sufrimiento. Pero ¿qué? ¿Qué cambia? ¿Va a haber más protección? ¿Van a cambiar las leyes por ella?

Nadie respondió porque nadie sabía la respuesta. Lo que sí sabían era que aquella mujer, al hablar, había nombrado algo que llevaba décadas innombrado. Había dicho en voz alta lo que otros solo susurraban en comisarías, en pasillos de juzgados, en consultorios de trabajadores sociales. Y en ese acto de nombrar, había cambiado algo en el aire, aunque no supieran exactamente qué.

Fernando se levantó y empezó a caminar de un lado a otro del salón, como hacía siempre que algo lo inquietaba.

—Yo he visto historias como la de esa mujer cientos de veces. Como investigador privado, en los márgenes. Historias que nadie escucha porque la mujer no se atreve a hablar, o porque cuando habla, los juzgados dicen que no hay pruebas, o que es asunto privado. Pero ella... ella se ha atrevido.

—¿Y crees que servirá de algo? —preguntó Alejandro.

—Creo que tiene que servir. No sé cómo, pero tiene que servir.

Claudio miró por la ventana hacia la calle. Eran las seis y media de la tarde. En poco tiempo, la noticia de aquel testimonio estaría en las radios, en los periódicos de mañana. La gente lo comentaría en las barras, en las cocinas, en los patios. Una mujer que había sufrido cuarenta años había decidido dejar de callarse, y eso, aunque no lo sabían aún, iba a ser el principio de algo.

—Hace falta gente como ella —dijo Claudio sin apartar los ojos de la calle—. Gente que se atreva a poner nombre y apellido a lo que es, en verdad, un crimen. Porque eso es. Cuarenta años de violencia es un crimen.

Fernando se detuvo en mitad del salón.

—Si es un crimen, ¿por qué nadie la ha protegido? ¿Por qué ha tenido que pasar cuarenta años sufriendo?

—Porque el sistema es un crimen también —respondió Alejandro, con una dureza en la voz que no era habitual en él—. Porque la ley no la protegía. Porque los policías, los jueces, los médicos, todos estaban ciegos. O hacían como si lo estuvieran.

En ese momento, sentado en un sofá gastado de su casa en Granada, mientras fuera empezaba a oscurecer, Fernando tuvo una idea. No fue un relámpago de violencia como tantas otras veces. Fue algo más frío, más sereno, más peligroso. Fue la idea de que, si Luisa Ortega tenía razón, si el sistema era efectivamente incapaz de proteger a una mujer que se atrevía a gritar su verdad, entonces había que hacer algo diferente. Había que crear algo que funcionara donde el sistema fallaba.

No dijo nada en ese momento. Solo escuchó a Alejandro y a Claudio seguir hablando sobre lo que había visto en la pantalla, sobre el valor que había mostrado aquella mujer, sobre el asco que les producía pensar en treinta años de impotencia propia.

Pero en el silencio de su mente, Fernando estaba empezando a diseñar algo nuevo. No era venganza, al menos no como la había imaginado tantas veces. Era algo que la calle, la comisaría o el Ejército del Aire jamás le habían ofrecido: la posibilidad de cambiar las reglas del juego.

7

El asesinato en un pueblo metropolitano

El 17 de diciembre de 1997 amaneció frío en Granada. En las radios hablaban de compras navideñas, de atascos, de lotería. Fernando estaba en la calle haciendo un seguimiento rutinario; Alejandro, en la base, repasaba informes de mantenimiento; Claudio, en comisaría, lidiaba con el turno de mañana. Ninguno de los tres sabía aún que, a pocos kilómetros, en un pueblo metropolitano, se iba a consumar algo que cambiaría para siempre su forma de entender la violencia machista.

La noticia les llegó, como casi todas las tragedias, en fragmentos. Claudio fue el primero en intuir que pasaba algo grave. En la emisora interna se empezó a hablar de un incendio en una vivienda, de una mujer con quemaduras gravísimas, de un posible ataque. El nombre no apareció de inmediato, pero las coordenadas sí: chalé dividido en dos viviendas, en un pueblo metropolitano, Granada.

A media mañana, cuando se confirmó que la víctima era Luisa Ortega, Claudio sintió que el estómago se le hundía. Aquella mujer que había visto en la televisión hacía apenas trece días, contando cuarenta años de malos tratos, había sido atacada por su exmarido.

Se lo dijo a Alejandro por teléfono, con la voz entrecortada.

—Es ella. La de la tele. La que habló en los medios de comunicación.

Alejandro se quedó en silencio unos segundos. Lo primero que le vino a la cabeza fue la imagen de Luisa en el salón de su casa, sentada en el sofá, relatando con calma lo que otros contarían llorando. Lo segundo, una sensación de fracaso colectivo: la habían visto, la habían escuchado, habían admirado su valentía… y sin embargo nadie la había protegido.

Fernando se enteró por la radio del coche. Aparcó en doble fila y subió el volumen. La locutora hablaba de una mujer que había sido rociada con gasolina y quemada viva por su exmarido en el patio de la casa que compartían, separada en dos viviendas. No hacía falta que dijera el nombre: Fernando ya sabía de quién se trataba.

Aquella noche, los tres volvieron a encontrarse en el bar de Manolo. Nadie pidió café. Fueron directamente a los vasos pequeños de aguardiente.

—La mató de la forma más cruel que encontró —dijo Claudio, con un temblor en la voz que no era por el alcohol—. Gasolina por la espalda, fuego. Ha muerto prácticamente en el acto.

—Lo ha hecho porque habló —añadió Fernando—. Porque tuvo la valentía de contar lo que llevaba cuarenta años sufriendo. Ha esperado trece días, los justos para que se apagara el ruido en la tele, y luego ha actuado. Ese hombre sabía exactamente lo que hacía.

Alejandro apretó el vaso entre los dedos.

—Y el sistema también sabía lo que estaba pasando —dijo—. Ella había denunciado muchas veces. Estaba documentado. Vivía pared con pared con él, obligada por una sentencia. No puede decirse que nadie supiera.

Se hizo un silencio pesado. Manolo bajó el volumen de la radio. En el telediario estaban dando la noticia: imágenes del chalé, de las llamas, de vecinos consternados. Había algo obsceno en la repetición de la tragedia en bucle, como si el horror pudiera medirse por número de veces emitido.

Claudio sacó del bolsillo una fotocopia borrosa.

—Han empezado a circular cosas en comisaría —explicó—. Este es un extracto de uno de los primeros teletipos.

DOCUMENTO 3. NOTICIA DE AGENCIA
17 DE DICIEMBRE DE 1997
(FICCIÓN BASADA EN HECHOS REALES)

Una mujer de 60 años ha fallecido hoy en un pueblo metropolitano del municipio granadino. Tras ser presuntamente rociada con gasolina y quemada por su exmarido, de 61 años, con quien compartía vivienda en una casa dividida en dos. Según fuentes policiales, la víctima había denunciado anteriormente malos tratos y se encontraba separada legalmente, si bien una sentencia judicial obligó a ambas partes a seguir residiendo en la misma finca.

La Guardia Civil ha detenido al presunto agresor, que se dio inicialmente a la fuga. El suceso ha causado una gran conmoción, especialmente porque la fallecida relató hace pocos días en un programa de televisión los malos tratos sufridos durante años.

Alejandro leyó el texto en silencio. Aquellas líneas condensaban, en apenas unas frases, todo lo que llevaban años denunciando en voz baja: denuncias previas ignoradas, sentencias que obligaban a la convivencia con el agresor, falta de medidas de protección, ausencia de protocolos.

—Esto no es solo el crimen de un hombre —dijo, devolviendo el papel—. Es el crimen de un sistema entero.

Fernando se levantó del taburete y empezó a pasear por el bar, como hacía cuando la rabia le desbordaba. Durante años había fantaseado con venganzas personales, pero en ese momento su ira tenía otro objetivo: una estructura abstracta que permitía que cosas así ocurrieran.

—Imagina —dijo— que hubiéramos tenido algo. Un sistema que recogiera todas las denuncias de Luisa, que evaluara el riesgo, que activara automáticamente una orden de alejamiento, que se lo pusiera difícil a ese hombre. ¿Creéis que hoy estaríamos hablando de su muerte?

—No lo sé —respondió Claudio—. Lo que sí sé es que ahora mismo todo el mundo quiere lavarse las manos. En los pasillos ya se oyen frases como «nadie podía imaginarlo», «ha sido un arrebato». Y eso no es verdad. Era previsible. Su caso era un manual de riesgo extremo.

Alejandro miró a sus amigos, uno a uno.

—No sé cómo, pero esto marca una línea en nuestras vidas —dijo—. Antes podíamos engañarnos y pensar que lo que veíamos eran cosas aisladas. Desde hoy, ya no.

Brindaron en silencio, no por ella, porque les parecía irrespetuoso brindar por una mujer a la que el fuego había convertido en símbolo, sino por la decisión, aún difusa, de no dejar que su historia quedara reducida a un homenaje de un día. Esa noche, sin decirlo todavía en voz alta, los tres entendieron que el camino de la venganza ya no podía ser solo individual. Tenía que transformarse en algo más amplio, más difícil y necesario: una respuesta organizada.

8

España despierta a medias

Los meses que siguieron al asesinato de Luisa Ortega fueron una mezcla extraña de conmoción genuina y rapidez política. De repente, la expresión «violencia doméstica» empezó a aparecer en titulares, debates, tertulias. Donde antes se hablaba de «crímenes pasionales» o «tragedias familiares», ahora se empezaba, a trompicones, a llamar a las cosas por su nombre.

Claudio lo vivió desde dentro: llegaron circulares, se improvisaron cursos de sensibilización, se habló de planes de acción. El Gobierno aprobó en abril de 1998 un Plan de Acción contra la Violencia Doméstica y, poco después, se anunciaron reformas del Código Penal y de la Ley de Enjuiciamiento Criminal.

En una de las primeras sesiones formativas a las que asistió, un ponente proyectó en la pared la foto de Luisa, la misma que había salido en todos los periódicos. Habló de la necesidad de tomar en serio las denuncias, de no minimizar los signos de violencia psicológica, de entender que detrás de cada «riña» podía haber un patrón de maltrato.

Claudio escuchaba con una mezcla de alivio y escepticismo. Alivio, porque por fin alguien con cargo ponía nombre a lo que él llevaba años viendo en comisaría. Escepticismo, porque sabía que una circular no cambiaba en un día las inercias de décadas.

Alejandro, por su parte, empezó a recopilar información sobre los cambios legales. Leyó que, en 1998, el Código Penal se había modificado para tipificar la violencia psicológica habitual en el ámbito doméstico y que se hablaba ya de medidas cautelares que permitieran el distanciamiento físico entre agresor y víctima. Eran avances importantes, pero aún parciales.

—Estamos poniendo parches —dijo una tarde en el bar, desplegando fotocopias sobre la mesa—. Es necesario, claro, pero no suficiente. Convertimos en delito cosas que antes no lo eran, creamos órdenes de protección… pero el sistema que las aplica sigue siendo el mismo: saturado, descoordinado, ciego.

Fernando había estado observando la reacción de la calle. Durante semanas, en los bares donde trabajaba o investigaba, oyó frases que nunca había escuchado con tanta fuerza.

—«Eso no es un caso aislado», decía la gente —contó—. «Eso pasa más de lo que creemos». Por primera vez, la sociedad parecía admitir que había un problema estructural. Pero también empecé a escuchar la otra cara: «Si denuncian y luego las matan, ¿para qué sirve denunciar?». Ese es el veneno.

En ese contexto, los tres amigos se propusieron hacer algo que, en apariencia, era sencillo y en realidad resultaba revolucionario: documentar la evolución de la respuesta institucional año a año. No querían perderse en sensaciones. Querían datos.

Claudio consiguió copias de instrucciones internas, estadísticas de denuncias, informes sobre órdenes de alejamiento. Alejandro localizó números, comparó años, señaló aumentos y estancamientos. Fernando, desde la calle, recogía historias concretas: mujeres que, después del caso de Luisa, se atrevían a denunciar por primera vez; otras que decidían no hacerlo por miedo a que el agresor reaccionara con más violencia.

De ese trabajo conjunto nació, casi sin querer, el primer borrador de lo que después se convertiría en su forma de trabajar: combinar el plano documental con el plano humano.

DOCUMENTO 4. EXTRACTO DE LAS PRIMERAS MEDIDAS LEGALES, 1998-1999 (FICCIÓN BASADA EN HECHOS REALES)

1998. Plan de Acción contra la Violencia Doméstica
- *Aprobado por el Gobierno tras el impacto del caso de Luisa Ortega.*
- *Reconoce la violencia en el ámbito familiar como un problema social y no solo privado.*

1999. Reforma del Código Penal y de la Ley de Enjuiciamiento Criminal
- *Introducción del delito de violencia psíquica habitual en el ámbito doméstico.*
- *Posibilidad de persecución de oficio de los malos tratos, sin necesidad de denuncia de la víctima.*
- *Primeras medidas de alejamiento entre agresor y víctima.*

Cuando terminaron de redactar ese documento para su propio archivo, lo releyeron en silencio. Era un resumen frío, pero detrás de cada línea veían rostros, barrios, casas...

—Está bien que esto exista —dijo Fernando, señalando el papel—. Pero también es cierto que llega tarde para muchas. Para Luisa, desde luego.

—Por eso digo que España ha despertado, sí —añadió Claudio—, pero solo a medias. Reconoce el problema, se mueve, cambia leyes… pero en la práctica seguimos teniendo mujeres que conviven con su agresor, órdenes de protección que no se cumplen, denuncias que no llegan a juicio.

Alejandro se quedó pensativo.

—Quizá nuestro trabajo, si algún día llegamos a montarlo, sea precisamente este: asegurarnos de que nada de esto se queda en papel. Que los cambios legales se traduzcan en vidas salvadas, no solo en titulares.

El caso de Luisa había abierto una puerta. Detrás de esa puerta había nuevas palabras en el Boletín Oficial del Estado, nuevas secciones en los informativos, nuevas iniciativas en los despachos. Pero ellos sabían que, en demasiados pisos de barrios como los que conocían bien, los gritos seguían sonando igual que en 1979.

España despertaba, sí. Pero lo hacía como quien se levanta de una pesadilla y tarda en darse cuenta de que, al abrir los ojos, lo que tiene delante no es un sueño, sino la realidad que lleva años evitando mirar. Y en esos segundos de confusión, todavía podían morir muchas mujeres.

Para Alejandro, Fernando y Claudio, la pregunta ya no era si el país cambiaría, sino qué papel podían jugar ellos en ese cambio. La respuesta empezaría a tomar forma poco después, en una mesa de bar, sobre un papel cuadriculado: el plan de una agencia que intentaría que el despertar no se quedara a medias.

9

Promesa en el cementerio

El cementerio de Granada siempre les había impuesto respeto. De chicos, pasaban de largo fingiendo indiferencia, acelerando el paso cuando cruzaban frente a la tapia encalada. De adultos, habían ido alguna vez a entierros de familiares o vecinos, pero nunca juntos, nunca los tres a la vez. Hasta aquel día de enero en que decidieron ir, casi sin pensarlo, al lugar donde descansaban los restos de Luisa Ortega.

No era su familia, ni siquiera la habían conocido en vida. Pero sentían que le debían algo. Durante semanas, el rostro de Luisa los había acompañado en noticiarios, columnas de opinión, debates. Su nombre se había convertido en sinónimo de valentía y de fracaso institucional: la mujer que habló, la mujer a la que el sistema no supo proteger.

Llegaron un viernes por la mañana, cuando el cementerio estaba casi vacío. El cielo estaba cubierto, no del gris oscuro de la tormenta, sino de un blanco pálido que envolvía las lápidas en una luz suave. Caminaban en fila, en silencio, siguiendo las indicaciones que Claudio había conseguido unos días antes.

—Es por aquí —dijo Claudio, doblando una esquina.

La tumba no destacaba especialmente. Flores marchitas, alguna cinta con mensajes sentidos, una fotografía en cerámica con el rostro sereno de Luisa, captado en un momento en que aún no sabía que su nombre quedaría grabado en la memoria colectiva. Había velas consumidas y restos de plástico que el viento no se había llevado todavía.

Se quedaron de pie, sin atreverse a acercarse demasiado. Fernando fue el primero en romper el silencio.

—No sé si tenemos derecho a estar aquí —murmuró—. No somos familia, no estuvimos en su vida, no pudimos ayudarla.

—Precisamente por eso —respondió Alejandro—. Porque no hicimos nada. Porque, como muchos, nos limitamos a ver su testimonio en la tele, a indignarnos, a comentar. Y trece días después la mataron en su propia casa.

Claudio asintió, con las manos metidas en los bolsillos del abrigo.

—Este lugar no es solo suyo —dijo—. Es también un recordatorio de todo lo que se hizo mal antes y después. De las denuncias que no sirvieron, de la sentencia que la obligó a convivir con su agresor, de las medidas de protección que no existían.

Se acercaron un poco más. Fernando dejó sobre la lápida un pequeño ramo de flores sencillas, compradas en una floristería de camino. No llevaban lazos ni dedicatorias. Les parecía suficiente gesto el hecho de estar allí.

Durante unos minutos, nadie habló. El silencio del cementerio tenía algo de respeto y algo de reproche. Como si cada lápida guardara una historia que el mundo no había querido escuchar del todo.

—No podemos cambiar lo que le pasó —dijo por fin Alejandro—. Ni a ella ni a las que vinieron antes. Pero sí podemos decidir qué hacemos con lo que sabemos ahora.

Fernando miraba la fotografía de Luisa, fijándose en los ojos que, incluso en la cerámica, parecían sostener la mirada de quien los observaba.

—Yo he pasado media vida fantaseando con venganzas —confesó—. Pensando que si cogiera a tipos como su exmarido y les hiciera lo mismo que ellos hacen, el mundo estaría más equilibrado. Pero cada vez que lo imagino, veo también la otra cara: nosotros acabando en la cárcel, ellos convertidos en mártires, el foco desviándose de las víctimas. No funciona.

—La venganza no arregla la violencia —añadió Claudio—. La multiplica. Lo que necesitamos es algo que pare la cadena antes de que llegue al último eslabón.

Se hizo otro silencio, más corto. Fue Alejandro quien lo llenó.

—Entonces hagamos una cosa —propuso—. Aquí, delante de ella. Prometamos que todo lo que hemos visto, todo lo que hemos aprendido en estos años, no se quedará en conversaciones de bar. Que lo convertiremos en algo concreto. Una agencia, un programa, un sistema… Aún no sé cómo llamarlo… Pero algo.

Fernando bajó la vista hacia la lápida.

—Una promesa no cambia la ley —dijo—. Ni llena los huecos de los presupuestos, ni obliga a un juez a ver lo que no quiere ver.

—No —admitió Alejandro—. Pero puede cambiar lo que hacemos nosotros. Y si nosotros cambiamos, quizá podamos empujar a que cambien otros.

Claudio dio un paso adelante y apoyó la mano sobre el mármol frío.

—Desde 1979 —dijo— hemos visto demasiadas veces repetirse el mismo patrón. Denuncia, archivo, silencio, golpe final. El caso de Luisa ha servido para que se muevan leyes, protocolos, campañas. Pero también para enseñarnos que, si no hay gente que vigile cómo se aplican, la letra se queda muerta.

Se volvió hacia sus amigos.

—Yo quiero que nuestra amistad sirva para algo más que para recordar historias de cuando éramos jóvenes. Quiero poder mirarme al espejo dentro de veinte años y decirme que, al menos, lo intentamos.

Fernando levantó la vista de la tumba y miró a sus amigos, uno a cada lado. Los vio más mayores de lo que eran, cargados de años de casos y de frustraciones. Pero también los vio aún capaces de cambiar de rumbo.

—Vale —dijo—. Hagamos la promesa. Pero no una promesa abstracta, sino algo concreto.

Sacó del bolsillo una pequeña libreta de tapas negras, esa que siempre llevaba encima para tomar notas de sus investigaciones. Arrancó una página y escribió, con letra firme:

«Prometemos utilizar nuestra experiencia —en el aire, en la ley y en las sombras— para prevenir, investigar y combatir la violencia machista, con respeto a la ley y a las víctimas, y sin dejar que el miedo o la comodidad nos hagan mirar hacia otro lado».

Les pasó la hoja a Alejandro y a Claudio. Cada uno añadió su nombre debajo. No era un documento oficial, no llevaba sello ni firma de fedatario. Era, sin embargo, el compromiso más serio que habían asumido en sus vidas.

Doblaron la hoja y la dejaron unos segundos sobre la lápida, como ofreciendo su promesa a Luisa. Luego Fernando la guardó de nuevo en la libreta.

—No podemos dejarla aquí —explicó—. Se borraría con la lluvia. Es mejor que la llevemos con nosotros y la recordemos cada vez que nos entre la tentación de rendirnos.

Salieron del cementerio con una sensación extraña, mezcla de tristeza y de determinación.

El aire frío les golpeó la cara al cruzar la puerta.

Caminando de vuelta hacia la ciudad, ninguno habló durante unos minutos. No hacía falta. Los tres estaban repasando mentalmente la frase escrita en la hoja, buscando huecos, posibles traiciones futuras a esa promesa.

Fue Claudio quien, antes de doblar la esquina, se giró un momento hacia el cementerio.

—A partir de hoy —dijo en voz baja, casi para sí mismo—, cada mujer que muera así será también nuestra responsabilidad. No porque seamos culpables, sino porque habremos fallado en nuestro intento. Y eso tiene que doler.

Los otros dos asintieron. No era una carga ligera, pero tampoco querían una promesa fácil. Sabían que lo que estaban a punto de iniciar —aunque aún no tuviera nombre ni forma— les iba a exigir renuncias, horas, conflictos. Sabían también que, si no daban ese paso, seguirían siendo los tres amigos que miran el mundo desde la barra de un bar, indignados pero inmóviles.

Aquella mañana en el cementerio fue el cierre simbólico de una etapa: la de la pura indignación, la de la venganza fantaseada, la de la queja sin proyecto. A partir de entonces, lo que viniera tendría que estar a la altura de esa hoja doblada guardada en la libreta de Fernando. Y, sobre todo, a la altura de los ojos de Luisa Ortega, que desde una foto de cerámica les recordaban que el tiempo para reaccionar siempre es limitado.

PARTE II

Nace Investigaciones Castre y Compañía

DE LA VENGANZA A LA SALVACIÓN

10

Plan en la servilleta

El café de aquella tarde estaba más frío de lo habitual.

No era culpa de Manolo, que lo servía como siempre, sino del tiempo que Alejandro, Fernando y Claudio pasaban mirando la mesa en lugar de llevarse la taza a la boca. Sobre el mármol, en lugar del papel cuadriculado de otras veces, había una servilleta blanca y un bolígrafo azul.

—Siempre volvemos a esta mesa —dijo Fernando—. Parece que la vida nos trae aquí cada vez que hay que tomar decisiones importantes.

La decisión, en realidad, llevaba meses gestándose. El testimonio de Luisa Ortega, su asesinato en un pueblo metropolitano, el plan de reformas legales, la promesa en el cementerio. Todo eso los había empujado a un punto en el que ya no bastaba con la indignación. Tenían que concretar.

Alejandro fue el primero en coger el bolígrafo.

—Vale —dijo—. Vamos a ponerlo por escrito. No como una fantasía de bar, sino como un inicio de plan.

Escribió en la servilleta, con trazo firme: «Investigaciones Castre y Compañía».

Debajo, tres columnas: «Alejandro», «Claudio», «Fernando». Y bajo cada nombre, palabras sueltas:

- «Alejandro: Sistemas, datos, análisis, protocolos».
- «Claudio: Ley, comisarías, juzgados, fiscalía».
- «Fernando: Calle, testimonios, rastreo, sombra».

—Esto es lo que somos —explicó Alejandro—. Tres miradas sobre el mismo problema. Claudio añadió:

—Nos falta la definición de para qué existimos. No podemos ser una agencia cualquiera. O tenemos claro nuestro fin, o nos convertimos en otro negocio más.

Fernando tomó el bolígrafo y escribió en la parte superior de la servilleta:

Objetivo: prevenir, documentar y acompañar casos de violencia machista, para que ninguna mujer quede desprotegida por los agujeros del sistema.

Se quedó mirando la frase durante unos segundos.

—Si alguna vez nos desviamos de esto —dijo—, tendremos que replantearnos seguir.

Empezaron a discutir, sin prisas, qué tipo de servicios podían ofrecer:

1. Investigación de casos activos: reunir pruebas para sostener denuncias, localizar testigos, documentar patrones de violencia.
2. Análisis de casos antiguos: revisar expedientes donde se sospeche que hubo negligencia o desatención.

3. Acompañamiento a víctimas: estar presentes en comisarías, juzgados, centros de salud, para que la mujer no atraviese sola el laberinto institucional.
4. Formación y asesoría: compartir su experiencia con asociaciones, colegios profesionales, administraciones locales.

—No somos abogados —recordó Claudio—. No podemos asumir su papel, pero sí trabajar a su lado.

—Ni somos ONG —añadió Alejandro—. No vamos a depender de subvenciones, sino de encargos y honorarios. Eso nos dará independencia, pero también responsabilidad.

Fernando, que hasta entonces había escuchado, puso sobre la mesa la pregunta incómoda:

—¿Y cómo miran esto las víctimas? ¿Qué van a pensar tres mujeres que han sido maltratadas si llegan a una oficina con las fotos de tres tíos en la pared? ¿Les daremos confianza o desconfianza?

Se hizo un silencio. La pregunta era legítima.

—Por eso necesitamos construir reputación desde la honestidad —respondió Claudio—. Trabajar siempre de manera que las mujeres sientan que estamos de su lado. Y quizá, con el tiempo, incorporar a compañeras al equipo, que nos completen.

Volvieron a la servilleta. Alejandro trazó un recuadro en la parte inferior y escribió: «Límites».

Allí anotaron, uno a uno, los «no» que definirían la agencia:

— No trabajar para agresores que busquen controlar o intimidar a víctimas.
— No actuar fuera de la ley, ni, aunque la rabia lo pida.

- No prometer resultados que no dependen de ellos (condenas, custodias).
- No usar jamás la información obtenida para otros fines.

—Estas líneas son más importantes que el propio nombre —dijo Fernando—. Aquí es donde nos jugamos no convertirnos en aquello que criticamos.

Claudio miró el papel, manchado ya por alguna gota de café.

—Aún falta algo —murmuró—. El punto en el que todo esto se conecta con lo que viene después.

—¿Te refieres a Aurora? —preguntó Alejandro.

El nombre había surgido casi por casualidad en una conversación anterior. «Aurora» como amanecer, como luz que entra después de una noche demasiado larga. En sus cabezas empezaba a dibujarse la idea de un sistema, una herramienta capaz de integrar toda la información dispersa sobre violencia de género y convertirla en algo útil: un mapa de riesgos, una alerta temprana.

—Sí —respondió Claudio—. No podemos diseñar Aurora desde un despacho. Tiene que nacer del trabajo real con casos, de la experiencia de la agencia. Esta servilleta es el puente.

Fernando tomó de nuevo el bolígrafo y, al lado de Investigaciones Castre y Compañía, escribió entre paréntesis: «(Semilla de Aurora)».

—Así —dijo— nos recordamos que lo que empezamos aquí no es solo una empresa, sino el laboratorio de algo más grande.

Manolo se acercó con la cuenta, como quien respeta, pero también teme que aquellas conversaciones eternas nunca terminen.

—¿Lo de siempre? —preguntó.

—Esta vez, no —respondió Alejandro—. Esta vez, añade una botella de cava.

Brindaron, sabiendo que no estaban celebrando un éxito, sino atreviéndose a dar un paso. La servilleta, doblada con cuidado, pasó del centro de la mesa al bolsillo interior de la chaqueta de Fernando.

Al salir a la calle, el aire cortaba la cara. Caminaban juntos, pero cada uno pensaba en algo distinto: Alejandro en la arquitectura del futuro sistema, Claudio en los permisos y licencias que tendrían que solicitar, Fernando en la primera mujer que cruzaría la puerta de la agencia.

—Dentro de unos años —dijo Fernando, rompiendo el silencio—, alguien leerá esa servilleta y pensará que estábamos locos.

—O que fuimos valientes —corrigió Claudio. Alejandro sonrió.

—Con que digan que fuimos útiles, me conformo.

No lo sabían aún, pero aquella servilleta sería, con el tiempo, un pequeño símbolo interno. No aparecería en folletos ni ruedas de prensa, pero estaría siempre presente en sus decisiones. Cada vez que dudaran entre un camino fácil y uno difícil, entre un encargo rentable y uno necesario, entre la comodidad y el compromiso, podrían imaginar esa servilleta desplegada sobre la mesa, recordándoles el momento exacto en que dejaron de soñar con venganzas y empezaron a pensar en salvaciones.

11

Nueva reunión del «plan de la servilleta»

Dieciséis meses después, volvieron a encontrarse Alejandro, Fernando y Claudio. No en un salón con TV esta vez, ni en el Bar de Manolo, sino en un bonito café de Recogidas, uno de esos lugares donde camareros y clientes se reconocen hace treinta años y el café es la excusa para seguir vivo.

Entre ellos, sobre el mármol gastado de la mesa, había un pliego de papel de cuadrícula y una pluma. No era una servilleta, pero servía el mismo propósito que había servido años atrás, cuando la rabia adolescente de Fernando había dibujado por primera vez sus fantasmas de justicia.

Alejandro fue quien empezó a hablar, con la precisión que le daba el uniforme y los años trabajando con sistemas.

—Hemos visto todo esto ir y venir. Hemos visto leyes que llegan tarde, víctimas que caen sin que nadie las atrape. Hemos visto a Luisa Ortega gritar y luego veremos qué pasa. Pero mientras, habrá otras Luisas. Siempre las hay.

Claudio asintió. En estos dieciséis meses, su mundo había cambiado. La muerte de Luisa en un pueblo metropolitano, el 17 de diciembre de 1997, había asustado al país como pocas cosas lo hacen. Se hablaba de reformas legales, de órdenes de protección, de cambios en el Código Penal. Pero para Claudio, que llevaba viendo denuncias desaparecer en comisarías desde los años ochenta, aquel movimiento era más un reflejo que un verdadero cambio.

—El problema —dijo Claudio lentamente, moviendo el café de un lado a otro de la taza— es que el sistema no ve. O ve, pero no quiere mirar. Cada pieza funciona sola: la policía recibe una denuncia, el juez ve un atestado, el trabajador social está en otro piso sin saber qué pasó en comisaría. Nadie ve el conjunto.

Fernando estaba mirando el papel en blanco. Sus dedos tambaleaban ligeramente sobre la mesa, como queriendo escribir algo que aún no sabía qué era.

—Cuando era más joven —comenzó— quería resolver esto a puñetazos. Pensaba que, si los hombres que pegan desaparecían, el problema se acababa. Pero ya sé que no funciona así. No es un problema de hombres malos. Es un problema de un sistema que permite que sigan siendo malos sin consecuencias.

Alejandro cogió la pluma. Su mano, acostumbrada a firmar documentos militares y llenar formularios, se movía ahora con una intención diferente. Dibujó en el papel varias cajas conectadas entre sí con líneas.

—Esto podría ser —dijo—. Una estructura. Donde cada uno de nosotros aporta lo que sabe. Yo traigo datos, protocolos, sistemas de información. Claudio trae contactos con policía y juzgados. Fernando trae la calle, los márgenes, la capacidad de seguir un rastro y escuchar a quien no quiere hablar.

—¿Y qué sería exactamente? —preguntó Fernando.

—Una agencia —respondió Claudio—. No un despacho de abogados, no una ONG, no una asociación. Una agencia.

Que trabaje con casos de violencia de género, que acompañe a las víctimas, que reúna pruebas, que cree un registro de patrones para que nadie pueda decir que no sabía lo que estaba pasando.

Fernando sintió algo en el pecho, algo que no era la vieja rabia sino algo diferente. Era esperanza, quizás. O la posibilidad de que la rabia pudiera convertirse en algo útil.

—¿Y cómo nos llamamos?

Fue Claudio quien respondió, sin dudar:

—*Investigaciones Castre y Compañía.* Porque fuiste tú, Fernando, quien primero quiso hacer algo, aunque fuera desde la venganza. Ahora podemos hacerlo desde la justicia. Tu apellido en el nombre significa que esto viene de la rabia, pero de una rabia transformada.

Alejandro escribió el nombre en el papel, con letras claras y precisas. Lo miró durante un momento, como si necesitara asegurarse de que era real, que podía escribirse algo así en un papel gastado de un café, que podía llegar a existir fuera del dibujo.

—Necesitaríamos dinero —dijo luego.

—Tengo ahorros —respondió Fernando—. Toda mi vida trabajando en los márgenes me dio poco dinero, pero alguno conseguí. Está en el banco.

—Yo también —añadió Claudio—. Y creo que Alejandro...

—Tengo acceso a créditos —cortó Alejandro—. El ejército tiene beneficios. Podría sacarlos sin demasiadas preguntas.

Se quedaron mirando el papel. El esquema de Alejandro mostraba tres columnas: datos, ley, calle. Tres formas de ver la violencia. Tres perspectivas que, unidas, podrían ofrecer lo que el sistema no ofrecía: una visión completa.

—Habría que estudiar casos —dijo Fernando—. Aprender el oficio de verdad. No es lo mismo investigar un robo que investigar un caso de violencia de género. Las víctimas están asustadas, traumatizadas. Hay que saber cómo hablar con ellas sin romperlas más.

Claudio asintió.

—Y habría que conocer las leyes, los cambios que vienen, las órdenes de protección que ya existen. Tengo contactos en la fiscalía que pueden ayudarnos. Gente honrada como yo, cansada de ver lo mismo una y otra vez.

Alejandro estaba ya haciendo anotaciones en el papel. Su mente militar convertía vagos deseos en planes concretos.

—Oficina pequeña primero. Equipamiento mínimo, pero seguro. Ordenadores, teléfono, archivo. Base de datos encriptada donde guardar información de casos. Protocolos claros para cada tipo de investigación. Conexión con policía, juzgados, servicios sociales.

—Eso es un sueño muy grande —dijo Fernando.

—Es un sueño que Luisa Ortega necesitaba que alguien tuviera —respondió Claudio—. Que todas las mujeres y Luisas necesitan.

En ese momento, el camarero pasó por la mesa para retirar tazas vacías. Mirando el papel, vio el esquema, el nombre *Investigaciones Castre y Compañía* escrito en letras claras. No dijo nada, pero sonrió como si reconociera algo en los rostros de aquellos tres hombres, algo de determinación o de cansancio, o ambas cosas a la vez.

Cuando se fue, Fernando levantó la pluma y, bajo el nombre de la agencia, escribió una fecha: abril de 2000. Era la fecha en que decidieron que esto empezaría.

—¿Sabéis que esto es posible? —preguntó Fernando, mirando el papel como si pudiera desaparecer en cualquier momento.

—Es necesario —respondió Alejandro—. Eso es lo importante.

—Será difícil —añadió Claudio—. Habrá gente que no nos quiera. Comisarios que ven amenazada su autoridad, jueces que creen que un abogado sabe más que nosotros, familias que preferirían que todo siguiera siendo un secreto.

—Será difícil —reconoció Alejandro—. Pero llevo cuarenta y seis años de amistad con vosotros. Si no puedo confiar en vosotros para hacer esto, ¿en quién puedo confiar?

Fernando dobló el papel cuidadosamente y lo metió en el bolsillo interior de la chaqueta. No era un contrato ni un documento legal. Era un plano de intenciones, un mapa emocional del lugar hacia el que querían ir.

Cuando salieron del café, el atardecer ya caía sobre Granada con ese frío limpio que precede a la primavera. Los dieciséis meses pasados y hoy, veían un proyecto para realizar y el comienzo de una nueva era. Los tres hombres caminaron en silencio durante un rato, como si acabaran de hacer algo que requería un tiempo de reflexión, de asimilación.

Fue Claudio quien rompió el silencio:

—¿Creéis que haremos diferencia?

—No lo sé —respondió Fernando—. Pero, al menos, lo intentaremos sin disculpas.

—Eso es suficiente —dijo Alejandro—. Por ahora, es suficiente.

Y así, en aquel café de la calle Recogidas, en una tarde de abril de 2000, nació *Investigaciones Castre y Compañía*. No en un despacho notarial, no en un periódico, no en una ceremonia solemne. Nació en el bolsillo de Fernando, en un papel de cuadrícula, en el silencio de tres hombres que habían decidido transformar cuarenta y seis años de rabia e impotencia en algo que podía salvar vidas.

12

Estatutos, licencias y dudas

Fundar una sociedad nunca aparece en las películas como algo emocionante. En la imaginación de Fernando, la idea de montar *Investigaciones Castre y Compañía* había nacido en una mesa de bar, con tinta de bolígrafo sobre papel cuadriculado, rodeada de café y de rabia. En la realidad, el nacimiento legal de la agencia fue menos heroico: cola en la notaría, formularios, tasas, funcionarios que bostezaban mientras revisaban documentos.

El primer choque vino ya en el registro mercantil, cuando tuvieron que decidir a qué se iban a dedicar exactamente.

—Investigación y consultoría en materia de prevención y análisis de la violencia de género —leyó el funcionario, levantando una ceja—. ¿Esto qué es?

Claudio tomó la palabra.

—Una empresa que reúne experiencia policial, militar e investigadora para estudiar casos de violencia machista y ayudar a las víctimas a moverse por el sistema.

El hombre se encogió de hombros.

—Mientras paguen las tasas y no incumplan ninguna ley, pueden dedicarse a lo que quieran. Pero les aviso: es un campo delicado. Se van a meter en líos.

Eso ya lo sabían. Lo que no sabían era hasta qué punto el propio diseño del proyecto iba a obligarles a revisar sus límites éticos.

En la primera reunión formal de la agencia —tres sillas, una mesa plegable, cajas de cartón haciendo de archivo provisional— se sentaron con un cuaderno en blanco para escribir algo que, en el fondo, era más importante que los estatutos oficiales: sus propias reglas internas.

—Primero —propuso Alejandro—, tenemos que dejar claro que no somos justicieros. Trabajamos dentro de la ley. Nada de vigilantes nocturnos ni de escarmientos.

Fernando asintió, sin humor.

—Lo dices por mí —admitió—. Tranquilo, ya superé esa fase. Si algún día tenemos que elegir entre hacer «justicia» por nuestra cuenta o proteger a una víctima dentro de la ley, elegiremos lo segundo.

Claudio añadió:

—Y no solo eso. Nada de trabajos que supongan controlar a mujeres por encargo de maridos celosos, ni de seguir a víctimas para «ver si dicen la verdad». Estamos de un lado muy concreto, y ese lado son ellas. Si en algún momento detectamos abuso de la denuncia, ya hay sistemas para corregirlo. Pero nuestra misión no es desconfiar por defecto.

Escribieron una lista de principios básicos:

1. Primacía de la víctima: sus decisiones y su seguridad serán el centro de cualquier actuación.
2. Respeto a la legalidad: toda investigación deberá poder sostenerse ante un juez.
3. Confidencialidad absoluta: la información recogida no se compartirá sin consentimiento, salvo obligación legal clara.

4. No sustitución de la policía ni de los juzgados: se trabaja en cooperación, no en competencia.
5. Transparencia entre los tres socios: ninguna investigación paralela, ningún encargo «personal» oculto a los otros.

Estas normas no los blindaban de todos los riesgos, pero les daban un marco.

Luego vinieron las cuestiones prácticas: licencias municipales, alta en Hacienda, contratación de una gestoría.

—Nunca pensé que la lucha contra la violencia de género tuviera tanto que ver con el IVA —bromeó Fernando, mientras firmaba otra vez.

La oficina que pudieron alquilar era pequeña: un local a pie de calle en un barrio tranquilo, con un escaparate discreto donde colocaron un rótulo sobrio:

INVESTIGACIONES CASTRE Y COMPAÑÍA

Análisis y acompañamiento en violencia de género y delitos conexos

No querían una imagen agresiva ni detectivesca; buscaban transmitir confianza y seriedad.

En las primeras semanas, las dudas fueron casi tan grandes como las facturas. ¿Iría alguien? ¿Serían aceptados por las instituciones? ¿No estarían sobreestimando su capacidad de intervenir en un problema tan complejo?

Una tarde, mientras revisaban por enésima vez los estatutos internos, Alejandro lo resumió:

—Si esto fracasa, que no sea por falta de honestidad. Si nos equivocamos, que sea intentándolo de verdad.

Claudio añadió, con una media sonrisa:

—Y si nos equivocamos, que al menos deje huella para que otros aprendan. Igual que nosotros hemos aprendido de Luisa y de tantas otras.

Fernando, que esa noche había vuelto a pasar por el cementerio antes de ir a la oficina, sacó de la cartera la hoja de la promesa que habían firmado allí.

—Propongo que esta sea nuestra «cláusula cero» —dijo—. Todo lo que hagamos tiene que poder mirarse a los ojos de esto sin vergüenza.

La colocaron en un marco sencillo y la colgaron en la pared, detrás de la mesa principal. No era un amuleto ni una reliquia, pero sí un recordatorio constante de por qué estaban allí.

13

Primeros encargos

Los primeros días fueron de silencio. Abrían la persiana cada mañana, encendían el fluorescente del techo, ponían en marcha el ordenador y esperaban. Veían pasar a vecinos que miraban el rótulo con curiosidad contenida, alguno se paraba a leerlo, pero nadie entraba.

—Somos una agencia que nadie sabe que necesita —dijo Fernando en una de esas mañanas sin clientes—. Hasta el día en que alguien se atreve a cruzar la puerta.

Ese día llegó antes de lo que esperaban. Una mujer de unos cincuenta años, pelo recogido en un moño apretado y abrigo oscuro, se detuvo frente al escaparate. Estuvo varios minutos leyendo y releyendo el rótulo. Luego miró a los lados, como quien teme ser vista, y finalmente entró.

—Buenos días —dijo Claudio, poniéndose en pie—. Siéntese, por favor.

La mujer miró a los tres hombres con una mezcla de desconfianza y decisión.

—Me han hablado de ustedes en el centro de salud —explicó—. La trabajadora social me dijo que quizá ustedes podrían ayudarme a... entender lo que me está pasando.

Contó una historia que ya les resultaba dolorosamente conocida: años de insultos, descalificaciones, amenazas veladas. Pocas agresiones físicas, pero un desgaste psicológico constante. Había ido a la policía una vez, pero el agente de turno le había dicho que, sin golpes, poco podía hacer.

—No quiero que lo metan en la cárcel —dijo la mujer—. Quiero saber si realmente esto es violencia o si soy yo, que soy muy sensible.

Fernando recordó inmediatamente a aquella otra mujer que, años atrás, le había pedido algo parecido en su etapa de detective a la vieja usanza. Esta vez, sin embargo, no estaba solo. Tenía detrás una estructura, un nombre y un propósito.

—Lo primero que podemos hacer —explicó Alejandro— es escucharla bien y ayudarla a poner palabras a lo que vive. A partir de ahí, vemos si es un caso que debe denunciarse, si conviene trabajar con el centro de salud, con servicios sociales…

Claudio propuso hacer algo más: reconstruir, con ella, una especie de línea de tiempo de los hechos. Fechas aproximadas, episodios de violencia, cambios de comportamiento.

—No es solo para nosotros —dijo—. Es para usted. Verlo escrito ayuda a entender que no son cosas aisladas, que hay un patrón.

Trabajaron así varias semanas. Al mismo tiempo, empezaron a llegar otros casos: una joven enviada por una abogada que sabía de sus esfuerzos, una vecina del barrio recomendada por el párroco que estaba empezando a implicarse en temas de maltrato, una mujer migrante que había oído hablar de ellos a través de una asociación.

En cada caso aplicaban un esquema que iban afinando sobre la marcha:

1. Entrevista inicial amplia, con escucha activa y sin prisas.
2. Recogida de documentación: partes médicos, denuncias anteriores, mensajes, cartas.
3. Valoración de riesgos basada en escalas que Claudio y Alejandro habían adaptado de protocolos policiales y sanitarios.
4. Diseño de un plan de acción: denuncia, acompañamiento a recursos, seguimiento del agresor, coordinación con profesionales.

No siempre podían intervenir como les habría gustado. A veces la mujer decidía no denunciar; otras, el sistema judicial se movía más lento de lo que el riesgo exigía. En una ocasión, una víctima decidió regresar con su agresor tras retirar la denuncia en el último momento.

—Hemos fallado —dijo Fernando aquella noche, golpeando suavemente la mesa con el puño.

—No —lo corrigió Alejandro—. Hemos hecho lo posible en el marco que tenemos. No podemos sustituir la libertad de las personas. Pero sí podemos estar preparados para cuando vuelva, que volverá.

Al poco tiempo, empezaron también a llegar encargos desde el otro lado: abogadas que necesitaban informes detallados para sostener una acusación; fiscales que pedían ayuda para localizar testigos reticentes; incluso algún juez que, discretamente, consultaba con Claudio sobre patrones de riesgo en casos especialmente complejos.

Esos primeros éxitos pequeños fueron consolidando la agencia. Hubo un caso, en particular, que los marcó: una mujer que había denunciado varias veces sin resultado y cuya situación se había catalogado como «conflicto de pareja». Aurora aún no existía, pero ellos ya pensaban en términos de mapa de riesgo. Al analizar su historia, vieron señales claras de escalada: aumento de amenazas, presencia de armas en casa, control obsesivo.

Insistieron ante la policía, elaboraron un informe que integraba todos los datos dispersos, acompañaron a la mujer a cada cita judicial. Finalmente, se concedió una orden de alejamiento estricta y se reforzó la vigilancia.

Meses después, la propia mujer volvió a la oficina con una caja de dulces y una carta.

—No sé si sin ustedes estaría viva —dijo—. No porque lo hayan hecho todo, sino porque han estado cuando nadie más estaba.

Guardaron esa carta como un tesoro. Era la prueba de que la idea que había nacido en una servilleta y se había concretado en estatutos y licencias podía traducirse en vidas concretas.

Por supuesto, también llegaron fracasos. Hubo casos que se les escaparon, agresores que desaparecieron, procedimientos judiciales que terminaron en absolución por falta de pruebas. Y cada fracaso abría debates internos: «¿Podríamos haber hecho más? ¿Hemos pedido demasiado a la víctima? ¿Nos hemos fiado de alguien que no debíamos?».

En una de esas reuniones de autocrítica, Claudio lo resumió:

—Si alguna vez dejamos de hacernos estas preguntas, cerramos la persiana. Porque significará que nos hemos acostumbrado a perder.

Alejandro añadió:

—Y si alguna vez creemos que todo depende de nosotros, también tendremos que parar. Porque no somos salvadores, somos un eslabón más. Lo importante es que nuestra pieza del sistema funcione con la mayor honestidad y rigor posible.

Fernando, mirando el marco con la promesa del cementerio, concluyó:

—Nuestro éxito no se mide solo en sentencias condenatorias. Se mide en cada mujer que siente que no está loca, que no está sola, que tiene derecho a vivir sin miedo. Si perdemos eso de vista, Aurora, los algoritmos y todos los sistemas del mundo no servirán para nada.

Los primeros encargos fueron, en ese sentido, su mejor escuela. Les mostraron hasta qué punto la realidad desborda cualquier esquema y, al mismo tiempo, hasta qué punto un trabajo honesto y acompañado puede marcar la diferencia entre la vida y la muerte. A partir de ahí, el siguiente paso lógico fue intentar dar forma a todo ese aprendizaje en algo más sistemático: el programa que un día llamarían «Aurora».

14

Fernando, detective de la sombra

Con la placa de la agencia colgada discretamente en la puerta, Fernando descubrió que su oficio de siempre había cambiado de naturaleza. Ya no era el Investigador Privado ambiguo al que algunos acudían para vigilar a una esposa o a un socio; ahora era el rostro visible de *Investigaciones Castre y Compañía* para muchas mujeres que llegaban con más miedo que certezas.

Su oficina era la más desordenada de las tres: mapas de barrios pegados en la pared, libretas abiertas con anotaciones crípticas, fotografías desenfocadas de portales, de coches, de sombras. Le gustaba pensar que su trabajo consistía, precisamente, en dar forma a lo que a primera vista parecía borroso.

La gran diferencia con sus años anteriores era el propósito. Antes, muchas de sus investigaciones acababan en manos de clientes que usaban la información como querían, sin que él pudiera controlar las consecuencias. Ahora, cada dato que recogía estaba destinado a un objetivo claro: proteger a una víctima, sostener una denuncia, construir un relato coherente para un juez.

Desarrolló, casi sin darse cuenta, un método propio:

1. Escucha larga: no empezaba a preguntar hasta que la mujer había contado lo que necesitaba contar a su ritmo.

Sabía que las historias de violencia no salen lineales, sino entrecortadas, mezclando tiempos y culpas.

2. Cartografía del miedo: después de escuchar, trazaba un mapa mental de los lugares clave: la casa, el trabajo de ella, el de él, los bares donde se juntaba, las rutas habituales. Cada sitio era un posible escenario de agresión o de huida.

3. Observación silenciosa: pasaba horas en coches aparcados, en bares anónimos, en esquinas aparentemente vacías. Miraba quién entraba, quién salía, cómo se hablaban, qué gestos se repetían.

4. Registro minucioso: cada detalle iba a parar a su libreta: frases literales, horarios, matrículas, cambios de rutina.

No se trataba de espiar por espiar, sino de documentar patrones. Sabía, por experiencia, que en muchos juzgados lo que hacía la diferencia entre un archivo y una orden de protección era la capacidad de mostrar que la violencia no era un hecho aislado, sino una secuencia.

Aprendió también a leer los silencios. Había mujeres que, en las entrevistas, minimizaban los golpes, pero se quebraban al hablar del control del dinero o de la amenaza de quitarles a los hijos. Había agresores que jamás levantaban la voz en público, pero apretaban con fuerza el brazo de la pareja al cruzar la calle, un gesto pequeño que a Fernando le decía más que mil declaraciones.

Con el tiempo, fue ganándose una reputación extraña: para algunos abogados era «el tipo que siempre encuentra algo», para ciertos policías «el pesado que se presenta con informes más detallados que los nuestros». Él aceptaba ambos apodos con media sonrisa. Sabía que su papel era incomodar un poco a todos para obligarlos a mirar mejor.

Hubo un caso que lo marcó especialmente. Una mujer joven, con un bebé recién nacido, acudió a la agencia porque sentía que «algo» no estaba bien, aunque todavía no había golpes. El marido controlaba sus llamadas, revisaba su correo, hacía comentarios constantes sobre su peso, su ropa, sus amistades.

—No tengo pruebas —decía ella—. Solo tengo miedo.

Fernando decidió tratar ese miedo como si fuera ya un dato. Empezó a observar al marido, a seguirlo cuando salía del trabajo, a escuchar cómo hablaba de su mujer con sus amigos. Lo que encontró no fueron delitos consumados, sino una personalidad violenta en construcción: comentarios de desprecio, amenazas veladas, fantasías de dominación.

Preparó un informe que no era una acusación, sino un diagnóstico de riesgo. Lo compartieron con la mujer y con la psicóloga del centro de salud que la atendía. Juntas, diseñaron una estrategia: fortalecer la red de apoyo, planificar una posible salida, dejar constancia en el historial médico de los indicios de maltrato psicológico.

Años después, aquella mujer volvió a la agencia. Había dejado al marido, estaba rehaciendo su vida, el niño crecía sano.

—Si no hubiera venido cuando vine —les dijo—, no sé dónde estaría ahora. Tal vez en un telediario.

Para Fernando, ese caso fue una confirmación: su trabajo no consistía solo en llegar cuando el golpe ya se había dado, sino en leer las sombras antes de que se volvieran oscuridad total.

Aun así, no era un oficio liviano. Había noches en las que soñaba con los rostros de los agresores, con las casas donde sabía que el peligro seguía latente, con las calles por las que había seguido a hombres que se creían intocables. En esos momentos, volvía a sentir la vieja tentación de la venganza, la fantasía de resolverlo todo con un único acto contundente.

Pero entonces miraba el marco colgado en la pared, con la promesa escrita en el cementerio, y recordaba la diferencia entre justicia y ajuste de cuentas. Su lugar estaba en las sombras, sí, pero no como verdugo, sino como testigo que ilumina.

15

Alejandro, tecnología y datos

Mientras Fernando recorría calles y portales, Alejandro vivía rodeado de pantallas y tablas. La oficina de la agencia parecía, a ratos, un pequeño centro de mando: mapas en la pared con chinchetas de colores, archivadores etiquetados por años, un ordenador central donde se iba construyendo, caso a caso, el corazón digital de *Investigaciones Castre y Compañía.*

Desde el principio, Alejandro tuvo claro que la memoria humana era insuficiente para abarcar la magnitud del problema. Su experiencia en la Comandancia del Ejército del Aire le había enseñado que, sin registros rigurosos, los accidentes parecían desgracias aisladas, cuando en realidad seguían patrones repetidos. Con la violencia machista pasaba algo parecido.

—Si no organizamos bien la información —decía a menudo—, cada caso parecerá un mundo aparte. Y así siempre podremos decir que «no se podía saber».

Diseñó una base de datos propia, sencilla a primera vista, pero muy pensada en el fondo. Cada expediente tenía varios niveles:

- Datos básicos: nombres codificados, edades, relación entre víctima y agresor, hijos, contexto laboral.

- Cronología de incidentes: desde los primeros indicios hasta los hechos más graves, con fechas aproximadas y tipo de agresión (psicológica, física, sexual, económica).

- Intervenciones institucionales: denuncias, visitas a servicios sociales, partes médicos, decisiones judiciales.
- Valoración de riesgo: una puntuación interna, basada en escalas reales adaptadas, que les ayudaba a priorizar casos.

Cada vez que llegaba una nueva mujer a la agencia, Alejandro abría una ficha nueva. Mientras Fernando investigaba y Claudio se movía entre comisarías y juzgados, él iba alimentando el sistema con cada dato que surgía. No se trataba de reducir a las personas a números, sino de asegurarse de que nada se perdía.

Con el tiempo, empezó a ver lo que buscaba: patrones. Vio que muchos casos graves habían tenido «avisos» años antes, denuncias que no prosperaron, ingresos hospitalarios etiquetados como «caída accidental», llamadas al 016 que no se tradujeron después en recursos. Vio también que ciertos perfiles de agresor se repetían: hombres con antecedentes de violencia en otras relaciones, con consumo abusivo de alcohol o drogas, con celos patológicos.

Un día, extendió sobre la mesa un gráfico que había preparado para mostrar a sus amigos.

—Mirad —dijo—. Aquí están los casos que hemos llevado en estos dos primeros años. Las líneas rojas son los que han acabado en intentos de homicidio o en agresiones muy graves. Las amarillas, los que han logrado salir a tiempo. ¿Veis? En casi todos los rojos hay una combinación parecida de factores.

Claudio se inclinó sobre el papel.

—Amenazas de muerte explícitas, presencia de armas en casa, control total del dinero, ruptura reciente… —leyó—. Es como una tormenta perfecta.

—Exacto —respondió Alejandro—. Si podemos identificar estas «tormentas» antes de que descarguen, podemos presionar más, avisar a los recursos adecuados, incluso crear sistemas de alerta.

Ese fue el germen técnico de lo que más tarde sería Aurora. Empezaron a imaginar un programa capaz de cruzar datos de comisarías, juzgados, hospitales, servicios sociales, asociaciones. Un sistema que, al detectar ciertas combinaciones de factores, encendiera una luz roja.

—No se trata de predecir el futuro —aclaraba Alejandro cuando lo explicaba—. Se trata de ver el presente con más claridad. De no depender solo de la intuición o de la buena voluntad de un agente concreto.

Su trabajo no se quedaba en la pantalla. Gracias a la base de datos, podían acudir a reuniones con fiscales o con responsables de servicios sociales con algo más que opiniones.

—Este caso no es «una discusión más» —les decía Claudio mostrando gráficos—. Es el tercero en cinco años, con escalada clara. La estadística indica un riesgo alto de agresión letal si no se actúa.

Al principio, algunos recibían esos números con desconfianza. Pero a medida que se acumulaban ejemplos en los que su análisis resultaba acertado, la agencia empezó a guardar un raro respeto: eran los que «sabían leer» los casos.

Por supuesto, surgieron también dudas éticas. «¿Hasta dónde podían recopilar información sin invadir la privacidad? ¿Cómo evitar que los datos se usaran para estigmatizar a determinadas personas o barrios? ¿Qué hacer con la información cuando una víctima decidía retirarse del proceso?».

Alejandro impulsó la creación de un pequeño «código de tratamiento de datos» interno: acceso restringido, encriptación, borrado seguro cuando la mujer lo solicitara, transparencia en la explicación de para qué se recogía cada cosa.

—Un sistema que dice proteger, pero viola la intimidad —repetía— termina pareciéndose demasiado a los agresores. No podemos caer en eso.

En los ratos de calma, le gustaba pensar que aquel universo de números y gráficas no era un fin en sí mismo, sino una herramienta al servicio de algo más humano. Cuando una mujer salía de la oficina diciendo que se sentía, por primera vez, tomada en serio, sabía que el esfuerzo valía la pena.

Y cada vez que un caso grave se evitaba porque habían visto a tiempo la «tormenta perfecta» dibujándose en la pantalla, Alejandro sentía que parte de la deuda con Luisa Ortega y con la mujer de 1979 que nadie protegió quedaba, siquiera un poco, pagada.

16

Claudio, la ley por dentro

Si Fernando era los ojos en la calle y Alejandro la mente en los datos, Claudio se convirtió en la columna vertebral jurídica de la agencia. Su despacho estaba lleno de códigos anotados, fotocopias de sentencias y *post-it* de colores marcando artículos, disposiciones adicionales y circulares internas.

La experiencia en comisaría le había dejado un sabor agridulce. Sabía cómo funcionaba la maquinaria desde dentro: las prisas, las plantillas cortas, los prejuicios. Pero también conocía a mucha gente honrada que quería hacer las cosas bien y se chocaba, como él, contra las paredes invisibles de la costumbre.

En *Investigaciones Castre y Compañía* decidió que su papel sería precisamente ese: hacer de puente entre la agencia y las instituciones, para que la información y la presión que generaban no se perdieran en el camino.

Su jornada empezaba muchas veces antes de que la oficina abriera. A primera hora ya estaba en los pasillos de los juzgados, hablando con funcionarios, fiscales, letradas. No iba a reclamar privilegios, sino a recordar casos concretos:

—Oye, el expediente de M. G. R., el que tiene orden de protección desde hace tres meses —decía a una conocida en el juzgado—. Nos consta que el agresor ha quebrantado ya dos veces, ¿sabéis algo del nuevo atestado?

Sabía a quién podía apretar y a quién no. Con algunos jueces era prudente; con otros, más directo. Lo mismo le ocurría en comisaría: antiguos compañeros lo saludaban con una mezcla de respeto y resignación, conscientes de que en cualquier momento les pediría explicaciones por una denuncia mal tramitada o por una víctima enviada de vuelta a casa sin la información adecuada.

No se trataba de ir repartiendo culpas, sino de señalar brechas. Para ello, Claudio se apoyaba mucho en los cambios legales que habían llegado con la Ley Integral 1/2004 contra la violencia de género.

DOCUMENTO INTERNO 5
LEY INTEGRAL 1/2004 (SÍNTESIS DE TRABAJO)

- *Reconoce la violencia de género como una manifestación de la discriminación, la situación de desigualdad y las relaciones de poder de los hombres sobre las mujeres.*
- *Crea juzgados de violencia sobre la mujer, con competencias específicas.*
- *Introduce medidas de protección integral: órdenes de alejamiento, ayudas sociales, derechos laborales, asistencia jurídica gratuita.*
- *Impulsa la formación obligatoria de profesionales (policía, sanidad, justicia).*

Con este marco en la cabeza, Claudio visualizaba cada caso:

—Aquí la ley permite más de lo que estáis haciendo —decía en una reunión con policías—. Esta mujer cumple criterios para riesgo alto, debería tener dispositivo telemático o vigilancia reforzada.

A veces se topaba con inercias machistas descaradas:

—Hay mujeres que exageran —le soltó en cierta ocasión un funcionario—. Si hacemos caso a todas, colapsamos el sistema.

Claudio respiró hondo antes de responder.

—El sistema ya está colapsado —dijo—, pero no por creer demasiado a las mujeres, sino por llegar tarde desde hace décadas. Cada caso que archivamos como «exageración» puede ser el próximo asesinato que salga en las noticias.

Con el tiempo, la agencia se convirtió en interlocutora incómoda pero útil. Muchos profesionales empezaron a apreciar que Claudio les señalara lagunas procesales: recursos que se podían interponer, medidas cautelares que se estaban infrautilizando, posibilidades de coordinación entre juzgado, policía y servicios sociales que la ley contemplaba pero que nadie ponía en práctica por pura costumbre.

Para las víctimas, Claudio era el traductor de un idioma hostil. Les explicaba:

- Qué significaba exactamente una orden de protección.
- Qué podían esperar en cada fase del proceso.
- Qué plazos existían y qué hacer si se incumplían.

—La ley no es un escudo perfecto —les decía—, pero es mejor llevarlo en la mano que ir descalza al campo de batalla.

Su mayor frustración venía de los casos en que la letra de la ley iba por delante, pero la práctica se quedaba atrás. Juzgados saturados, recursos sin dotación económica, protocolos que nadie había leído. En esos momentos volvía a preguntarse si el esfuerzo valía la pena.

La respuesta solía llegarle en forma de pequeños gestos: una jueza que le pedía el contacto de la agencia para derivar casos complejos, una fiscal que citaba sus informes en sala, una médica de urgencias que llamaba para coordinar un parte de lesiones con una denuncia inmediata.

—Nuestra labor —concluyó un día, en una de sus reuniones con Alejandro y Fernando— es recordar constantemente a las instituciones aquello que ellas mismas han escrito. No pedimos milagros, pedimos coherencia.

Y en ese ejercicio constante de exigir coherencia, Claudio encontró su lugar: ni dentro ni fuera del sistema, sino justo en la grieta por donde podía entrar la luz.

PARTE III

El programa Aurora

17

El eco de Luisa Ortega

Los años pasaron y, sin que ellos se dieran cuenta del todo, el nombre de Luisa Ortega dejó de aparecer en los titulares con la misma frecuencia. Nuevos casos estremecían al país, nuevas campañas ocupaban los anuncios, nuevas leyes se debatían. Pero para Alejandro, Fernando y Claudio, Luisa nunca se fue del todo.

En la oficina, su historia estaba presente de varias maneras. En una estantería, un archivador rojo llevaba escrito en el lomo: «Caso L. O.-Documentación». Dentro, guardaban copias de artículos, resoluciones judiciales, estudios académicos que analizaban su impacto. No porque fueran a «trabajar» su caso —ya cerrado, ya juzgado—, sino porque lo consideraban su piedra fundacional.

A menudo, cuando discutían sobre un nuevo protocolo o sobre si un caso debía considerarse de riesgo máximo, alguien preguntaba:

—¿Qué habría dicho el sistema sobre Luisa si hubiera existido entonces Aurora?

Ese ejercicio mental les servía como prueba de fuego. Si el programa que estaban diseñando, o las prácticas de la agencia, no habrían protegido a una mujer como ella, significaba que aún faltaba camino.

El eco de Luisa también se manifestaba fuera de la oficina. En charlas con institutos, en jornadas de formación para profesionales, en entrevistas con medios, la mencionaban a menudo. No como un icono lejano, sino como un recordatorio concreto de lo que ocurre cuando una mujer hace todo lo que el sistema le pide —denunciar, separarse, hablar— y, aun así, termina sola frente al agresor.

—No podemos permitirnos otra Luisa Ortega —repetía Claudio en una mesa redonda—. Ese es el listón mínimo.

Un día, recibieron una llamada inesperada. Era una de las hijas de Luisa. Había oído hablar de la agencia y del programa que estaban impulsando. No pedía nada concreto; solo quería saber qué estaban haciendo con el nombre de su madre.

La recibieron con respeto. Hablaron largo rato. Ella les contó detalles de la vida cotidiana que no salían en los documentales: los miedos de su madre, sus pequeñas rebeldías, sus intentos de mantener la dignidad en medio de la violencia.

—Me preocupa que se la convierta solo en un símbolo —les dijo—. Era una mujer concreta, con sus días malos y sus días buenos. No quiero que la gente se quede solo con el momento de la tele o con la forma en que murió.

Fernando le aseguró:

—Para nosotros no es una santa ni una estatua. Es una mujer que hizo algo que cambió nuestra forma de mirar. Y lo que estamos construyendo intenta estar a la altura de eso, no de una imagen idealizada.

Aquella conversación reforzó su convicción de que el «eco de Luisa» debía ser honesto, no solemne. En los materiales internos de formación que preparaban para otros profesionales incluyeron un apartado titulado *Lecciones del caso Luisa Ortega*:

— Importancia de escuchar y creer los relatos largos de violencia.

— Peligro de las sentencias que obligan a convivir con el agresor.

— Necesidad de coordinación real entre juzgados, policía y servicios sociales.

— Riesgo extremo tras la visualización pública del caso por los medios de comunicación.

El eco también resonaba en lo cotidiano. Cada vez que una mujer llegaba a la agencia diciendo «he denunciado y no me hacen caso», ellos sabían que estaban, de alguna manera, ante una posible Luisa. Cada vez que un juez minimizaba un riesgo, recordaban que también se minimizó en su día el de ella. Cada vez que lograban evitar que una víctima siguiera viviendo pared con pared con su agresor, sentían que estaban corrigiendo, aunque fuera en un caso individual, aquel error histórico.

—Luisa nos acompaña en cada expediente —resumió Alejandro una tarde, viendo cómo la luz del atardecer caía sobre el archivador rojo—. No como un fantasma, sino como una brújula.

Fernando añadió:

—Y también nos recuerda que no podemos dormirnos. Porque hubo un momento en que medio país habló de ella y luego, poco a poco, la vida siguió. Nos puede pasar igual: acostumbrarnos a las historias, visualizar el horror.

Claudio, mirando el marco con la promesa del cementerio, concluyó:

—Mientras haya una sola mujer que, después de denunciar, siga tan desprotegida como estuvo Luisa, quiere decir que nuestro trabajo no ha terminado.

Así, el eco de Luisa Ortega no era solo una memoria dolorosa, sino el metrónomo moral *De la venganza a la salvación:* el ritmo que marcaba cuándo había que acelerar, cuándo revisar, cuándo admitir que aún no era suficiente.

18

Aurora: mapa de riesgos

Aurora no nació de un programador brillante ni de una gran empresa tecnológica. Nació de una mesa llena de carpetas abiertas, de los subrayados de Claudio en las leyes, de las libretas de Fernando y de las tablas de Alejandro. Era, al principio, una idea casi tímida: ¿y si pudiéramos ver todos los casos a la vez, como un mapa, en lugar de ir siempre apagando fuegos de uno en uno?

Alejandro fue quien dio el primer paso técnico. En la pantalla de su ordenador, empezó a transformar la base de datos de la agencia en algo más que un archivo. Añadió campos específicos inspirados en protocolos internacionales de valoración del riesgo en violencia de género: presencia de armas, amenazas de muerte explícitas, intentos previos de estrangulamiento, celos extremos, separación reciente, maltrato a los hijos, consumo de alcohol o drogas, antecedentes de violencia con otras parejas.

—Cada uno de estos factores —explicó en una reunión— está asociado, en estudios serios, a un aumento del riesgo de feminicidio. Si se acumulan varios, la alerta debería subir automáticamente.

Claudio aportó la perspectiva legal:

—Tenemos que asegurarnos de que este sistema no se pueda usar para justificar pasividad —dijo—. Es decir, que nadie pueda decir: «El programa marcaba riesgo medio, así que no hicimos nada». Aurora debe estar diseñada para ser prudente, no optimista.

Fernando, por su parte, insistió en que el programa debía aprender de la realidad:

—Cada vez que un caso termine en tragedia, tendremos que volver atrás y ver qué no vimos. No podemos permitir que Aurora se convierta en una coartada tecnológica.

El nombre lo eligieron entre los tres. «Aurora» les sonó a nuevo comienzo, a luz que entra después de una noche larga. También les gustaba que fuera un nombre de mujer, como si el propio sistema llevara implícito el recuerdo de todas aquellas que no habían sido protegidas.

DOCUMENTO 6. BORRADOR INTERNO DEL PROTOCOLO AURORA (VERSIÓN 1)

- *Entrada de datos: se alimenta de denuncias policiales, partes médicos, informes sociales y registros de la agencia.*
- *Ponderación de factores: cada indicador de riesgo tiene un peso, basado en estudios empíricos y experiencia propia.*
- *Niveles de alerta: verde (seguimiento básico), amarillo (riesgo moderado, vigilancia), naranja (riesgo alto, intervención urgente), rojo (riesgo extremo, medidas inmediatas).*
- *Recomendaciones automáticas: en función del nivel, sugiere actuaciones mínimas obligatorias para policía, juzgados y servicios sociales.*

En un primer momento, Aurora fue una herramienta interna. Les ayudaba a priorizar esfuerzos, a decidir a qué casos dedicar más horas, en cuáles insistir ante las instituciones. Pronto se dieron cuenta de que el sistema tenía un poder inesperado: obligaba a justificar las decisiones.

—Si Aurora marca naranja y alguien quiere tratar el caso como verde —decía Claudio—, que explique por qué. Así, al menos, tendremos un rastro de las decisiones.

No tardaron en probar el programa con casos antiguos, incluyendo algunos que habían terminado mal. El resultado fue doloroso: en la mayoría, Aurora habría marcado naranja o rojo mucho antes de que se produjera el desenlace. Eso confirmaba tanto su utilidad como la magnitud de las fallas previas del sistema.

—No es magia —insistía Alejandro cuando presentaban Aurora en pequeñas charlas profesionales—. Es estadística y experiencia. Pero a veces, en materia de vida o muerte, la estadística marca la diferencia.

Aurora también los obligó a hacer pedagogía con las víctimas. Explicaban con cuidado que el programa no «adivinaba» el futuro, que no era una sentencia sobre sus vidas, sino una herramienta de protección.

—Si sale riesgo alto —les decían— no significa que vaya a ocurrir lo peor, sino que vamos a movilizar todos los recursos posibles para evitarlo.

Algunas mujeres se sintieron reconfortadas al saber que, por primera vez, alguien tomaba en serio todos los detalles que ellas contaban. Otras, en cambio, se asustaron al ver confirmado en un número algo que preferían no nombrar.

—También tenemos que aprender a gestionar ese miedo —reconoció Fernando—. Aurora puede ser una linterna, pero si la acercamos demasiado de golpe, deslumbra.

Con el tiempo, decidieron que el programa debía tener siempre una «salida humana»: ninguna alerta se daba por definitiva sin la revisión de al menos dos de ellos. Esa doble mirada —la del sistema y la de los profesionales— se convirtió en la seña de identidad de Aurora.

19

Errores, aciertos y vidas salvadas

El estreno real de Aurora no fue en un laboratorio, sino en un caso de carne y hueso. Una mujer de cuarenta y pocos años, con dos hijos adolescentes, llegó a la agencia derivada por una abogada. Llevaba tres denuncias previas archivadas, una orden de protección que había expirado y un rastro de partes médicos que hablaban de «caídas», «accidentes domésticos» y «crisis de ansiedad».

Mientras Fernando la escuchaba narrar, Alejandro iba introduciendo datos en el sistema. Al terminar la entrevista, Aurora marcó riesgo «naranja muy cercano al rojo»: acumulación de denuncias, amenazas de muerte, intentos de estrangulamiento, agresor con acceso a armas, escalada reciente tras la separación.

—Aquí no podemos permitirnos dudas —dijo Alejandro.

Activaron todos los resortes: Claudio solicitó medidas cautelares urgentes, Fernando intensificó la vigilancia alrededor del domicilio, la agencia coordinó con el centro de salud y con servicios sociales. No evitaron todos los episodios de violencia —hubo un intento de aproximación violenta que terminó en nueva detención—, pero sí lograron que el agresor fuera finalmente condenado y que la mujer pudiera rehacer su vida en otra ciudad, con protección adecuada.

Ese caso se convirtió en el primer «éxito Aurora» del que pudieron hablar con orgullo medido: no se atribuían el mérito completo, pero sabían que, sin el sistema, quizá no hubieran re-accionado con la rapidez necesaria.

No todo fueron aciertos. Hubo un caso en que Aurora marcó riesgo «medio» y, sin embargo, la situación se deterioró de forma imprevisible: el agresor, que hasta entonces había mostrado un perfil «controlado», experimentó una ruptura brusca tras perder el trabajo y pasó de los insultos a una paliza grave en cuestión de días. La mujer sobrevivió, pero las lesiones fueron severas.

Se reunieron para analizar en qué habían fallado. Alejandro revisó las ponderaciones; Claudio buscó precedentes similares en la jurisprudencia; Fernando repasó, uno por uno, los detalles de la relación.

—Subestimamos el impacto de ciertos desencadenantes —concluyó Alejandro—. El desempleo, la pérdida de estatus, el consumo de alcohol asociado al estrés… todo eso tiene que pesar más en la escala.

Actualizó el algoritmo. Lo anotaron como «Error 1» en un documento interno, comprometiéndose a revisar periódicamente ese listado.

En otra ocasión, Aurora marcó en rojo un caso en el que, afortunadamente, no se produjo ninguna agresión grave. El agresor se marchó del país, la relación se disolvió sin violencia extrema. Algunos podrían haberlo considerado un «falso positivo».

—Prefiero mil falsos positivos a un falso negativo —dijo Claudio—. Pero también tenemos que cuidar de no sobreproteger hasta el punto de generar pánico.

Lo hablaron con la víctima. Ella, lejos de sentirse engañada, agradeció la movilización.

—Saber que alguien se tomaba en serio el riesgo —les dijo— me ayudó a tomar decisiones. Aunque al final él no llegara a lo que Aurora preveía, yo necesitaba creer que mi miedo tenía fundamento.

Aprendieron que los «errores» de Aurora no se medían solo en términos de predicción exacta, sino en el impacto que tenían en las decisiones de las personas y de las instituciones.

Con los años, comenzaron a acumular historias en las tres columnas imaginarias de su balance:

- Errores dolorosos: que obligaron a ajustar factores y a ser más prudentes.
- Aciertos silenciosos: casos en que la alerta activó medidas que quizá evitaron lo peor sin que nadie llegue a saberlo con certeza.
- Vidas salvadas claramente: situaciones en las que un agresor fue detenido a tiempo, una mujer pudo huir, unos hijos se libraron de presenciar un asesinato.

En una reunión interna, Alejandro proyectó en la pared una gráfica simple: en el eje horizontal, los años de funcionamiento de Aurora; en el vertical, el número de casos en cada categoría. No era un estudio académico, pero para ellos era una brújula.

—Nunca podremos demostrar de forma absoluta cuántas vidas ha salvado Aurora —dijo—. Pero sí podemos ver que, desde que la usamos, los casos que terminan en tragedia entre las mujeres que llegan a nosotros han disminuido.

Fernando lo resumió de otra manera:

—Lo importante es que, cuando fallemos, sepamos decir «nos equivocamos aquí y aquí» y corregir. Y cuando acertemos, sepamos que el mérito no es solo de Aurora, sino de la valentía de ellas y del trabajo de todos los que se implican.

Claudio añadió una última reflexión:

—Aurora no nos hace infalibles, pero nos impide hacernos los ignorantes. A partir de ahora, cada vez que un caso con indicadores claros termine mal, nadie podrá decir: «No se veía venir». Y solo por eso, ya merece existir.

Así, entre errores y aciertos, el programa fue madurando. Se convirtió en una herramienta exigente: obligaba a mirar de frente los datos, a no esconderse detrás de intuiciones, a reconocer la complejidad. Y, sobre todo, recordaba a *Investigaciones Castre y Compañía* que su misión nunca sería garantizar finales felices, sino reducir al mínimo las tragedias que podían haberse evitado.

20

Conectar con el algoritmo del Estado

Aurora nació como una herramienta casera, alimentada por los casos de la agencia y por la obstinación de sus tres creadores. Pero muy pronto empezó a quedarles pequeña. La base de datos crecía, los patrones se consolidaban y, sin embargo, el alcance real seguía limitado a las mujeres que llegaban a *Investigaciones Castre y Compañía*.

—Estamos viendo solo una esquina del mapa —dijo Alejandro en una reunión—. Para que Aurora cumpla de verdad su sentido, tiene que conectarse con los sistemas oficiales: denuncias policiales, registros judiciales, historiales sanitarios, servicios sociales.

La idea de «conectar con el algoritmo del Estado» sonaba grandilocuente, pero en la práctica significaba algo muy concreto: convencer a las instituciones de que compartieran información de forma coordinada y que aceptaran que una herramienta externa, nacida en Granada, pudiera aportarles valor.

Empezaron por lo más cercano. Claudio organizó una reunión con responsables de la Unidad de Violencia de Género de la policía y con representantes de los juzgados especializados creados al amparo de la Ley Integral 1/2004.

Alejandro llevó gráficos, ejemplos de casos donde Aurora había detectado riesgo alto con meses de antelación, propuestas de integración técnica:

—No pretendemos sustituir sus sistemas —explicó—, sino complementarlos. Aurora puede cruzar información que ahora mismo está dispersa: una denuncia en una comisaría, un parte médico en otra ciudad, un informe social en un tercer sitio. Si todo eso se reúne en un mismo punto, la valoración del riesgo será mucho más precisa.

Hubo resistencias. Algunos temían que una herramienta así se usara para fiscalizar su trabajo. Otros dudaban de la viabilidad técnica o de la protección de datos. También se coló cierto orgullo institucional: ¿por qué iban a aceptar la ayuda de una pequeña agencia privada?

Fernando, que conocía bien los recelos de la calle, lo resumió con crudeza después de una de esas reuniones:

—Les cuesta admitir que tres tipos en un despacho de barrio han visto cosas que ellos, con todo su aparato, no han visto. Pero si alguien debiera poder tragar con el orgullo, es quien tiene en sus manos la vida de la gente.

Poco a poco, el diálogo fue abriéndose. El Ministerio impulsaba ya desde hacía años sistemas estadísticos y protocolos de valoración del riesgo; la Estrategia Nacional contra la Violencia de Género hablaba de coordinación y de uso de tecnologías de la información. En ese contexto, Aurora dejó de verse como un invento excéntrico y empezó a interpretarse como un piloto interesante.

Firmaron los primeros convenios de colaboración con una comunidad autónoma y con un par de ciudades. En ellos se establecía:

- Integración parcial de Aurora con las bases de datos policiales y sociales (de forma anonimizada para análisis de patrones).
- Uso experimental del sistema en determinados partidos judiciales, con evaluación periódica.
- Garantías estrictas de confidencialidad y respeto a la normativa de protección de datos.

Para los tres amigos fue un momento agridulce: veían materializarse un sueño, pero también sabían que, al ceder parte del control, Aurora se convertía en algo más grande que ellos, con sus propios riesgos.

—A partir de ahora —advirtió Alejandro—, Aurora será del Estado tanto como nuestra. Tenemos que estar vigilantes para que no se convierta solo en una herramienta de estadísticas o en un sello burocrático.

Claudio insistió en otro punto:

—Y tenemos que asegurarnos de que ninguna decisión se tome exclusivamente «porque lo dice el algoritmo». Aurora debe informar, no mandar.

Durante los primeros años de integración, se celebraron varios encuentros técnicos donde se compararon casos valorados con los métodos oficiales y con Aurora. En muchos, el sistema de la agencia detectaba niveles de riesgo más altos que los protocolos estándar, especialmente cuando había historial de violencia psicológica intensa sin muchas agresiones físicas.

—Nos obligáis a mirar cosas que antes pasábamos por alto —admitió un oficial de policía—. Y eso es bueno, aunque nos complique la vida.

Cada vez que un responsable institucional hacía una afirmación así, Alejandro pensaba en la casa del barrio del Zaidín y en la calle de San Juan de Dios en el año 1979 y en la casa de un pueblo metropolitano en 1997. Imaginaba aquellos casos introducidos en un Aurora plenamente conectado al sistema. La imagen le dolía, porque llegaba tarde, pero también le daba sentido al camino recorrido.

Para Fernando, esta fase significó otra cosa: aprender a confiar parcialmente en una estructura que tantas veces había criticado. Ver a policías, jueces, médicos y trabajadoras sociales usar Aurora con convicción le demostró que el Estado no era un bloque monolítico, sino un mosaico de personas, algunas tan comprometidas como ellos.

—El *algoritmo* del Estado —dijo un día, medio en broma— no es un monstruo ni un salvador. Es una herramienta. Lo que lo hace peligroso o útil es la ética de quienes lo manejan.

Cuando Aurora quedó oficialmente incluida en planes autonómicos y nacionales de lucha contra la violencia de género, los tres amigos sintieron que, de alguna manera, su pequeña agencia se había disuelto en algo mucho más amplio. Pero en lugar de verlo como una pérdida, decidieron considerarlo su mayor victoria: la señal de que su trabajo dejaba de depender solo de ellos y empezaba a vivir en manos de mucha más gente.

PARTE IV

De Granada al mundo

21

Veinticinco años de historia

En 2022, cuando se cumplían aproximadamente veinticinco años del asesinato de Luisa Ortega y casi veintidós desde la fundación de *Investigaciones Castre y Compañía*, Alejandro propuso hacer algo que, en el fondo, llevaba años preparando: un balance global.

—No un informe de actividades corriente —explicó—, sino una mirada larga. Veinticinco años de casos, de Aurora, de cambios legales. Quiero saber qué hemos hecho de verdad.

Se encerró durante semanas con los archivos físicos y digitales. Con la ayuda de un pequeño equipo que habían ido incorporando con el tiempo, extrajo cifras y relatos:

- Número total de casos acompañados.
- Porcentaje de ellos en que se habían conseguido medidas de protección efectivas.
- Situaciones en las que la intervención de la agencia o de Aurora había sido clave para evitar una agresión grave.
- Casos en los que, a pesar de todo, se había producido un feminicidio.

Al final, las tablas se convirtieron en gráficos y los gráficos en una especie de relato numérico de un cuarto de siglo de lucha.

Claudio leyó el documento con atención. No se dejaba impresionar fácilmente por las cifras, pero esta vez algo le tocó: ver condensados tantos nombres, tantas historias, en líneas ascendentes y descendentes.

—Hemos ayudado a muchas mujeres —dijo—. Y, aun así, la lista de las que no llegaron a tiempo sigue siendo demasiado larga.

Fernando, que había vivido cada una de esas historias en primera línea, tuvo que parar varias veces la lectura. Cada número traía consigo un rostro, una calle, un ruido de puerta cerrándose.

—Me cuesta —admitió—, pero es necesario.

Además de las cifras, incluyeron testimonios anónimos de mujeres que habían pasado por la agencia, así como valoraciones de profesionales de distintos ámbitos. En conjunto, el documento no era una autopromoción, sino una radiografía honesta: éxitos, fracasos, zonas grises.

DOCUMENTO 7. VEINTIDÓS AÑOS DE IN- VESTIGACIONES CASTRE Y COMPAÑÍA (EXTRACTO INTERNO)

- *Casos acompañados: más de X.XXX.*
- *Órdenes de protección impulsadas con éxito: alrededor del XX %.*
- *Casos con intervención directa de Aurora en la valoración del riesgo: XX %.*
- *Feminicidios entre las mujeres atendidas: un número doloroso pero inferior a la media estatal en contextos similares.*

- *Principales dificultades detectadas: saturación institucional, falta de recursos en zonas rurales, resistencia cultural en ciertos entornos.*

Cuando terminaron de revisar el documento, los tres se sentaron en la sala de reuniones, ahora más grande que la oficina original, pero con el mismo marco de la promesa del cementerio colgado en la pared.

—Si hace treinta años nos hubieran dicho que llegaríamos aquí —comentó Fernando—, habríamos pensado que era una novela de ciencia ficción.

—Lo sigue siendo, en cierto modo —respondió Alejandro—. Hemos visto cosas que, en 1979, eran impensables: juzgados especializados, protocolos, estadísticas públicas, campañas masivas, programas como Aurora integrados en el Estado.

Claudio añadió:

—Y, sin embargo, seguimos teniendo titulares cada año. Seguimos contando mujeres asesinadas. Lo que hemos hecho ha reducido el daño, pero no lo ha eliminado.

Guardaron un momento de silencio, dejando que esa verdad incómoda se asentara.

—Tal vez —dijo Fernando— nuestra misión nunca fue «acabar» con la violencia de género, porque eso es una tarea de generaciones y de cambios profundos. Tal vez lo que hemos hecho es abrir un camino, demostrar que se pueden hacer las cosas de otra manera, que la venganza puede transformarse en protección.

Alejandro, mirando los gráficos proyectados en la pared, concluyó:

—Lo importante es que, cuando alguien mire este historial dentro de otros veinticinco años, vea que no nos quedamos quietos. Que probamos, nos equivocamos, corregimos, insistimos. Y que cada una de esas líneas ascendentes y descendentes representa, en última instancia, vidas reales.

Claudio se levantó y fue hasta el marco del cementerio.

—La pregunta —dijo— es si hemos sido fieles a esto.

Releyó la promesa en silencio y, finalmente, sonrió con cansancio, pero sin amargura.

—No perfecta, pero sinceramente, creo que sí.

Se sentaron de nuevo, menos triunfantes de lo que habrían estado otros en su lugar, pero con una calma extraña: la de quien sabe que ha dedicado su vida a algo que merecía el esfuerzo. Y, en esa calma, comenzaron a hablar de lo que vendría después: de cómo Aurora podía cruzar fronteras, de cómo su experiencia podía servir a otros países, de cómo su propia historia podría convertirse en relato, en novela, en advertencia y esperanza a la vez.

22

Aurora cruza fronteras

El día que recibieron la primera invitación internacional, la agencia olía a café y a papel recién impreso. Era un correo electrónico de una universidad europea que organizaba un seminario sobre sistemas de evaluación del riesgo en violencia de género. Habían oído hablar de Aurora en un congreso estatal y querían que la presentaran como «experiencia pionera española».

Alejandro sonrió al leerlo en voz alta.

—Parece que, por una vez, no vamos a ir nosotros detrás del mundo —comentó—. Esta vez es el mundo el que nos pregunta.

No era una exageración. Desde la aprobación de la Ley Integral 1/2004, España se había convertido en referencia internacional en la lucha contra la violencia machista: juzgados especializados, protocolos integrales, datos públicos. Aurora se veía, desde fuera, como un paso más en esa línea: el intento de llevar la coordinación y la valoración del riesgo a un nivel más fino.

Aceptaron la invitación. En aquel primer viaje, Alejandro y Claudio se encontraron compartiendo mesa con expertas de Naciones Unidas, y organizaciones como Amnistía Internacional, que presentaban sus propias experiencias en otros contextos: refugios para mujeres en zonas de conflicto, programas de empoderamiento en países con menos recursos, campañas globales por los derechos de las mujeres.

Cuando les tocó hablar, Alejandro proyectó en la pantalla un mapa de Granada.

—Aurora no empezó como un gran proyecto estatal —explicó—, sino como una respuesta local a un problema que conocíamos muy bien, marcado por casos como el de Luisa Ortega. Lo que hicimos fue combinar datos, ley y calle para ver mejor el riesgo.

Claudio complementó:

—Nuestro mensaje es simple: sin coordinación y sin escuchar a las víctimas, cualquier herramienta tecnológica se queda en humo. Aurora funciona cuando se integra con protocolos, juzgados, policía y servicios sociales.

Las preguntas del público confirmaron que habían tocado una fibra. Representantes de varios países de América Latina, donde también existían leyes integrales, pero con dificultades de implementación, se acercaron después.

—Nos interesa saber cómo han resuelto la relación con el Estado —les dijeron—. Aquí la desconfianza es grande.

Fernando, que en ese viaje se había quedado en Granada, recibió de vuelta los correos y las fotos con una mezcla de orgullo y prudencia.

—No olvidemos —advirtió por teléfono— que somos un modelo, pero no una receta. Lo que funciona aquí puede necesitar otros ingredientes en otros sitios.

Con el tiempo, Aurora empezó a probarse en proyectos piloto fuera de España. No se exportaba como software cerrado, sino como metodología: análisis de factores de riesgo, integración de bases de datos, participación de la sociedad civil, evaluación constante de errores y aciertos.

En algunos lugares, la herramienta se adaptó a contextos de conflicto armado; en otros, a sistemas judiciales mucho más frágiles. A veces funcionó bien; otras, encontró resistencias difíciles de salvar.

Para Alejandro, Claudio y Fernando, ver su trabajo cruzar fronteras fue una forma extraña de cierre de ciclo: la constatación de que aquella servilleta escrita en un bar granadino contenía, sin saberlo, una aportación al debate global sobre cómo proteger mejor a las mujeres.

—El día que Aurora deje de ser necesaria —dijo Alejandro en una conferencia— será el día en que la hayamos hecho bien del todo. Mientras tanto, que viaje tanto como haga falta.

23

Cuarenta y siete años de amistad

Se encontraron, una vez más, en el bar de Manolo. El mismo sitio, pero no los mismos hombres. El espejo detrás de la barra reflejaba canas, arrugas, posturas algo más cansadas. Sin embargo, en sus ojos seguía habiendo el mismo brillo de los dieciocho años, mezclado ahora con algo que entonces no tenían: perspectiva.

—Cuarenta y siete años —dijo Fernando, levantando la copa—. Hemos visto caer gobiernos, cambiar leyes, nacer y morir modas… y seguimos aquí, dándole vueltas al mismo tema.

Alejandro sonrió.

—No exactamente al mismo —matizó—. En 1979 apenas sabíamos ponerle nombre. Hoy existe una ley integral, juzgados específicos, estadísticas, programas como Aurora. España ha pasado, con todos sus fallos, de negar el problema a convertirlo en cuestión de Estado.

Claudio añadió:

—Y, aun así, cada año seguimos contando alrededor de cincuenta mujeres asesinadas. Menos que antes, sí, pero demasiadas para declararnos satisfechos.

Se quedaron un momento en silencio, pensando en todas las historias que cabían en esas cifras: rostros, barrios, voces. Ninguno de los tres podía ya escuchar un titular sobre violencia machista sin que le recorriera el cuerpo una mezcla de tristeza y profesionalidad.

—Si miro atrás —dijo Fernando—, pienso en todo lo que hemos perdido: noches de sueño, relaciones que no aguantaron el peso de nuestras obsesiones, trozos de salud. Pero también veo lo que hemos ganado: la certeza de no haber sido espectadores pasivos.

Alejandro asintió.

—Y la prueba de que la venganza, tal como la imaginábamos de jóvenes, era un atajo falso. Lo que realmente cambia las cosas es el trabajo largo, aburrido a veces, de registrar, acompañar, insistir, reformar. De construir sistemas mejores.

Claudio apuró el trago y miró alrededor del bar. Había gente joven, parejas, algún hombre solo mirando el móvil.

—Me gustaría pensar —dijo— que muchos de los que están aquí han crecido en un país donde ya no se llama riña familiar a lo que es violencia de género. Donde Luisa Ortega forma parte de los libros de texto y no solo de nuestra memoria.

—Y también —añadió Fernando— que, si alguna de esas mujeres necesita ayuda, encontrará más puertas abiertas que las que tenían nuestras primeras víctimas.

Hablaron de sus propios cambios personales. De cómo Alejandro había ido reduciendo su presencia en la base de datos para dedicarse más a la formación; de cómo Claudio había empezado a escribir artículos y a asesorar a otras agencias; de cómo Fernando, sin dejar de ser el «detective de la sombra», había aprendido a poner límites para no dejar que cada caso le devorara la vida.

—Seguimos siendo los tres de siempre —resumió Alejandro—, pero hemos aprendido a no confundir nuestro valor con nuestra omnipotencia. No salvamos el mundo. Acompañamos procesos.

Levantar la copa esa noche no era un triunfo, sino un reconocimiento: cuarenta y seis años de amistad que había sobrevivido a desencuentros, cambios de rumbo y cansancio. Y, sobre todo, cuarenta y seis años de estar, de una forma u otra, del lado de quienes sufrían violencia.

24

Una sociedad menos ciega

En 2026, España celebraba veinte años de la Ley Integral contra la violencia de género. Los periódicos publicaban balances: descenso de asesinatos en términos relativos, aumento de denuncias, más órdenes de protección, mayor percepción social del problema. Al mismo tiempo, destacaban los fallos persistentes: miedo a denunciar, saturación de recursos, brechas en la protección a menores y a mujeres migrantes.

Alejandro leyó varios de esos artículos con la sensación de estar viendo su propia historia resumida en columnas ajenas. Muchas de las cifras que se citaban coincidían con las que él tenía, en un principio.

Fernando ya no recorría las calles con la misma energía, pero seguía recibiendo llamadas de mujeres que habían oído hablar de la agencia a través de otras que habían pasado por allí años atrás. Sabía que el trabajo nunca se acabaría del todo, pero también que ya no dependía únicamente de ellos: había equipos en otras ciudades, programas similares, generaciones nuevas de profesionales formados desde el principio en la perspectiva de género.

Claudio se sorprendía, todavía, cuando estudiantes de Derecho le citaban artículos suyos o le pedían que les hablara del modelo Castre y Compañía. Le incomodaba un poco la idea de ser referencia, pero entendía que, si su experiencia podía servir, era casi una obligación compartirla.

Un día, decidieron volver al cementerio. No había cámaras ni discursos oficiales, solo los tres amigos y el mismo frío suave que recordaban de años atrás. La tumba de Luisa Ortega seguía allí, con flores nuevas y viejas, con notas que otras mujeres dejaban de vez en cuando para agradecerle haber roto el silencio.

—Cuando vinimos por primera vez —recordó Fernando—, hicimos una promesa. No sabíamos en qué iba a convertirse, pero sabíamos que tenía que obligarnos.

—Si miramos la sociedad de hoy —dijo Alejandro—, creo que podemos decir que es menos ciega que entonces. La violencia de género ya no se esconde en el lenguaje, las leyes la nombran, las instituciones la reconocen, hay organismos específicos, observatorios, campañas permanentes.

Claudio añadió:

—Menos ciega, sí. Pero no vidente del todo. Todavía hay rincones oscuros: mujeres que no llegan a los recursos, hijos que quedan atrapados, agresores que se camuflan. El trabajo continúa.

Se quedaron un rato en silencio. No para pedir perdón ni para reclamar méritos, sino para aceptar, serenamente, que habían sido parte de ese cambio: una parte pequeña en el mapa global, pero real.

—Al final —dijo Fernando—, esta historia no va solo de nosotros tres. Va de todas las mujeres que se atrevieron a hablar, de las que llevaban años trabajando en asociaciones, en refugios, en juzgados, mucho antes de que nosotros llegáramos.

Alejandro lo confirmó:

—Y de todas las que vendrán. Si algo hemos aprendido es que esto es una carrera de relevos. Nosotros recogimos el testigo de Luisa y de tantas antes. Ahora, toca pasarlo.

Claudio sacó de su cartera una copia doblada de la promesa que habían escrito décadas atrás. Las palabras estaban algo desdibujadas, pero aún se leían.

—No sé si hemos cumplido al cien por cien —dijo—. Pero sí sé que hemos vivido intentando estar a la altura. Y eso, en un mundo que tantas veces prefiere mirar hacia otro lado, ya es una forma de salvación.

De la Venganza a la Salvación, ese había sido el recorrido.

No una salvación milagrosa ni total, sino la que se construye día a día, caso a caso, ley a ley, programa a programa.

Cuando se alejaron del cementerio, ninguno sintió que la historia se cerrara del todo. Más bien, que quedaba abierta para quien quisiera seguirla escribiendo.

Y en ese hueco abierto, el lector —testigo de su viaje— podía encontrar su propio lugar: como profesional, como ciudadano o, sencillamente, como alguien dispuesto a no ser nunca más ciego ante la violencia que otros sufren.

Nota de intención del autor

Este libro nace de una convicción y de una deuda.

La convicción de que la violencia contra las mujeres no es un asunto privado ni un «problema de pareja», sino una violación de derechos humanos que afecta a toda la sociedad. Y la deuda con quienes han puesto rostro y voz a esa realidad, empezando por Luisa Ortega, cuya valentía y asesinato marcaron un antes y un después en España.

De la venganza a la salvación no pretende reconstruir un caso judicial ni ofrecer soluciones mágicas. Es una ficción apoyada en hechos reales, leyes y datos, escrita para preguntarse qué ocurre en las grietas del sistema y cómo la experiencia de quienes han trabajado en comisarías, juzgados, cuarteles y calles puede transformarse en protección y no en venganza.

Alejandro, Fernando y Claudio son personajes inventados, pero sus dudas, sus errores y su aprendizaje están construidos con materiales muy reales: expedientes archivados, noticias de prensa, testimonios de víctimas, informes sobre la evolución de la violencia de género en España en los últimos cuarenta años.

La intención última de esta historia es doble: rendir homenaje a las mujeres que rompieron el silencio y proponer, a través de la literatura, una mirada larga sobre cómo una sociedad puede pasar de negar el problema a enfrentarlo, sin olvidar que la tarea no está terminada. Si, al cerrar estas páginas, el lector siente un poco menos el término Violencia de género y un poco más propia la responsabilidad de no mirar hacia otro lado, el libro habrá cumplido su propósito.

Nota sobre lo expuesto

Esta obra es una novela. Aunque se apoya en hechos, leyes y contextos históricos reales, todos los personajes principales son ficticios.

Alejandro, Fernando y Claudio, su amistad de cuarenta y seis años, la agencia *Investigaciones Castre y Compañía* y el programa *Aurora* son creaciones literarias. No representan a personas concretas, sino que están construidos a partir de experiencias, profesiones y actitudes que existen en la realidad: militares, policías, investigadoras, trabajadoras sociales, juristas, víctimas y familiares que han trabajado o sufrido en el ámbito de la violencia de género.

Los casos reales que inspiran el trasfondo del libro —como los de Francisca, Dolores o el de Luisa Ortega, cuyo testimonio televisivo y posterior asesinato en 1997 impulsaron cambios legales y sociales en España— se han tratado con el máximo respeto, apoyándose en información procedente de fuentes públicas (hemerotecas, informes, estudios) y sin reproducir literalmente documentos ni declaraciones.

Las leyes e hitos históricos mencionados (reformas de finales de los 90, Ley Orgánica 1/2004 de Medidas de Protección Integral contra la Violencia de Género, estrategias estatales posteriores, creación de juzgados especializados, protocolos de valoración del riesgo, etc.) corresponden a normas y políticas reales, aunque su presencia en la novela se articula de forma narrativa y no exhaustiva.

Los procedimientos, conversaciones institucionales y casos concretos de la agencia son, salvo cuando se indica expresamente que se basan en patrones generales, fruto de la imaginación del autor. Cualquier parecido con hechos o personas identificables es coincidencia o resultado inevitable de tratar un problema social ampliamente documentado.

El propósito de esta combinación de realidad y ficción no es reconstruir fielmente ningún caso judicial concreto ni sustituir el trabajo de periodistas, juristas o historiadores, sino ofrecer un relato que permita comprender, desde dentro, la evolución de la mirada social sobre la violencia de género en España y el papel que pueden jugar las personas y las instituciones en esa transformación.

Cierre del autor

Escribir esta historia *De la venganza a la salvación* ha sido, para mí, mucho más que reordenar capítulos o reescribir frases. Ha sido volver a mirar de frente una historia que me acompaña desde hace décadas: la de mujeres concretas —Francisca, Dolores, Luisa Ortega— cuya vida y muerte marcaron mi forma de entender la justicia y la violencia.

No parto de cero. Durante años he investigado y escrito sobre estos casos, he leído autos judiciales, he seguido noticias, he escuchado testimonios que no caben en un telediario. Francisca y Dolores representan, para mí, esa larga etapa en la que la violencia machista era un ruido de fondo, una «cosa de casa» que apenas llegaba a los titulares. Sus historias se parecían a muchas otras: denuncias que no encontraban respuesta, vecindarios que sabían y callaban, cuerpos que aparecían en páginas de sucesos sin contexto ni nombre propio.

El caso de Luisa Ortega, en 1997, fue un punto de inflexión que me atravesó como ciudadano y como narrador. Una mujer de 60 años que, después de cuarenta años de malos tratos, se sienta en un programa de televisión y lo cuenta todo con serenidad y lucidez; trece días después, su exmarido la quema viva en el patio de la casa donde una sentencia les había obligado a seguir compartiendo parcela. Ese salto brutal del testimonio público al asesinato me mostró, con crudeza, que el problema no era solo «el maltratador», sino también un sistema que podía escuchar y no proteger.

Esta novela nace de la necesidad de unir esos tres nombres —Francisca, Dolores y Luisa— en una sola línea de tiempo que va de 1979 a 2026. Los personajes de Alejandro, Fernando y Claudio son mi forma de recorrer esa línea desde dentro: tres amigos que representan tres miradas complementarias sobre el mismo horror.

Alejandro encarna el mundo de los datos y los sistemas: el lugar donde un parte médico puede ser «caída accidental» o «agresión» según cómo se escriba, donde un atestado puede invisibilizar o revelar la violencia. Claudio representa la ley por dentro, con sus luces y sus sombras: la comisaría que archiva «riñas familiares», los juzgados que empiezan a cambiar con las reformas y la Ley Integral 1/2004, pero arrastran inercias de décadas. Fernando, por último, es la calle, la sombra, la tentación de la venganza que tantos hemos sentido alguna vez al ver la impunidad, transformada poco a poco en capacidad de escuchar, seguir rastros y documentar.

¿Por qué esta historia? Porque esta historia nació, en parte, desde la ficción de un atentado, desde la necesidad de dar salida a la rabia. Con el tiempo comprendí que ese enfoque se quedaba corto y podía incluso distorsionar el mensaje. El verdadero atentado no era una bomba, sino la violencia sostenida contra miles de mujeres y la ceguera institucional que la permitió. Por eso esta versión prescinde de la acción espectacular y se centra en la paciencia: la de quienes pasan cuarenta y seis años lidiando con casos, expedientes, reformas legales y pequeñas victorias que no salen en las noticias.

La trayectoria de los tres amigos dialoga directamente con los casos reales. Cuando en 1979 ven cómo un episodio brutal se archiva como «riña familiar», estamos en el mundo de Francisca y

Dolores: una España que aún no tiene palabras ni leyes específicas para lo que ocurre puertas adentro. Cuando en 1997 escuchan a Luisa en la televisión y luego leen la noticia de su asesinato en un pueblo metropolitano, entramos en el momento en que el país se ve obligado a reconocer que la violencia de género existe y mata, incluso cuando la víctima hace todo lo que se le pide.

A partir de ahí, los tres protagonistas emprenden un camino que, de algún modo, es el que ha recorrido también la sociedad española: del «no nos metamos en eso» a las leyes integrales, los juzgados especializados, los protocolos de valoración del riesgo, los programas de prevención. La diferencia es que, en la novela, ese recorrido se condensa en la experiencia de una amistad: cuarenta y seis años de conversaciones de bar, de guardias, de investigaciones, de derrotas y de logros compartidos.

Aurora, el programa que ellos crean, es una metáfora y una propuesta. Metáfora de todos los esfuerzos reales por integrar información dispersa y ver el riesgo antes de que sea tarde. Propuesta de cómo podrían trabajar juntos datos, ley y calle para reducir los «no se veía venir» que tanto daño hacen. No es un personaje más, pero casi: evoluciona, se equivoca, aprende, se conecta al «algoritmo del Estado» y, finalmente, viaja fuera de nuestras fronteras como ejemplo de lo que una experiencia local puede aportar al debate global.

Escribí esta historia para situarla en ese punto exacto donde se cruzan la memoria personal y la memoria colectiva. Los nombres de Francisca, Dolores y Luisa no aparecen como pretexto, sino como raíces. Sus vidas, y la de tantas otras mujeres sin nombre conocido, están detrás de cada escena donde una víctima duda, denuncia, se cansa o resiste. Los tres amigos no son héroes, sino testigos que eligen no mirar hacia otro lado y que, en lugar de dejarse llevar por la venganza, apuestan por la reparación dentro de la ley, aun sabiendo que la ley es imperfecta.

Si algo me gustaría que quedara después de la lectura es la sensación de que esta historia no pertenece solo al pasado. La línea que va de 1979 a 2026 no está cerrada; sigue hacia adelante. Los avances son reales —menos impunidad, más conciencia, más recursos—, pero las deudas también: asesinatos que continúan, niños y niñas atrapados en los procedimientos, desigualdades que persisten.

En ese contexto, *De la venganza a la salvación* quiere ser, a la vez, un homenaje y una invitación. Homenaje a Francisca, a Dolores, a Luisa Ortega y a todas las que abrieron camino, muchas veces pagando con su propia vida. Invitación a quien lea estas páginas a preguntarse qué lugar puede ocupar, en su ámbito, para que la historia no se repita: como profesional, como vecino, como familiar, como ciudadano que no acepta volver a llamar «riña familiar» a lo que es violencia de género.

Si al cerrar el libro alguien siente un poco más cerca la realidad de estas mujeres y un poco más propia la responsabilidad de no ser cómplice por omisión, este largo viaje de reescritura habrá merecido la pena.

Agradecimientos

Este libro no habría sido posible sin muchas voces, visibles e invisibles.

A las mujeres que han contado sus historias de violencia, en Granada y en cualquier lugar, aunque sus nombres no aparezcan aquí. Sin su valentía, no existiría la conciencia social ni legal que hoy tenemos, ni tendría sentido escribir una novela como esta.

A las que ya no pueden hablar —Francisca, Dolores, Luisa y tantas otras—, por el impacto silencioso o estruendoso que dejaron en nuestra memoria colectiva. Sus temores y dolores marcaron un antes y un después, y este libro quiere ser también una forma de no olvidarlas.

A quienes trabajan, muchas veces en silencio, en **comisarías, juzgados, centros de salud, servicios sociales y asociaciones:** policías que se niegan a archivar una «riña familiar», médicas que escriben lo que realmente ven, abogadas que acompañan más allá del expediente, trabajadoras sociales que sostienen vidas al borde del abismo. Su esfuerzo cotidiano inspira a personajes como Alejandro, Claudio o Fernando, y sostiene la parte más luminosa de esta historia.

A las personas cercanas que, a lo largo de los años, han compartido conmigo recuerdos, recortes, enlaces, dudas, críticas y conversaciones largas sobre justicia, venganza y protección. En cada charla de bar, en cada comentario sobre una noticia, había un hilo que me empujaba a seguir escribiendo.

A quienes leen con paciencia, corrigen con cariño y señalan errores sin quitar el ánimo; a quienes se han asomado a borradores anteriores de esta historia y me han ayudado a entender que la verdadera fuerza de este libro no estaba en la explosión de la venganza, sino en la constancia de la prevención.

Y, por último, a los lectores que han llegado hasta aquí. Leer sobre violencia de género nunca es cómodo, pero es necesario. Gracias por prestar tiempo y atención a estas páginas. Si algo de lo que has encontrado aquí te ayuda a mirar distinto un titular, un vecindario o una conversación, el esfuerzo compartido habrá tenido sentido.

Colofón

Esta edición *De la venganza a la salvación* se terminó de preparar en Armilla, Granada, en el año 2026, a partir de manuscritos escritos y revisados entre 1979 y 2026.

El texto fue maquetado en formato digital para su posterior impresión, respetando la memoria de las víctimas reales de violencia de género y la dignidad de las personas y lugares que inspiran esta obra.

Cualquier reproducción total o parcial de este libro, por cualquier medio, deberá contar con la autorización expresa de su autor.

Armilla (Granada), 2026